Mit ihrem Theaterstück ›Kunst‹ wurde Yasmina Reza weltberühmt. Auch mit ihrem ersten Roman, ›Eine Verzweiflung‹, sorgte Reza für Furore. Die Autorin leiht ihre Stimme einem alten Mann, der in einer zornigen Rede seinem erwachsenen Sohn die Leviten liest. Ein Schlappschwanz sei er, der den ganzen Tag am Strand liege und nur ein Ziel habe, nämlich glücklich zu sein. In all seiner gerechten und ungerechten Empörung gerät der Monolog des Alten zu einer tragikomischen Beschimpfung unserer Zeit, zu einem Aufschrei gegen Einsamkeit, Alter und Tod. Der Sohn kommt dabei mit keiner Silbe zu Wort. Komisch und böse, scharf und schonungslos attackiert Reza die moderne Spaßgesellschaft.

Yasmina Reza, 1957 geboren, ist Autorin, Regisseurin und die meistgespielte zeitgenössische Theaterautorin überhaupt. Ihre Romane und Theaterstücke wurden in mehr als 30 Sprachen übersetzt, ›Der Gott des Gemetzels‹ 2011 mit großem Erfolg mit Jodie Foster, Kate Winslet und Christoph Waltz verfilmt. Im Fischer Taschenbuch liegen von Yasmina Reza bereits vor: ›Frühmorgens, abends oder nachts‹, ›Glücklich die Glücklichen‹, ›Adam Haberberg‹ und ›Babylon‹.

Yasmina Reza
Eine Verzweiflung

Roman

Aus dem Französischen
von Eugen Helmlé

FISCHER Taschenbuch

Wir danken der Französischen Botschaft
für die Förderung der Übersetzung.

MIX
Papier aus verantwortungsvollen Quellen
FSC® C014496

Erschienen bei FISCHER Taschenbuch
Frankfurt am Main, Februar 2019

Die französische Originalausgabe erschien 1999
unter dem Titel ›Une Désolation‹ bei Éditions Albin Michel, Paris

Satz: Dörlemann Satz, Lemförde
Druck und Bindung: GGP Media GmbH, Pößneck
Printed in Germany
ISBN 978-3-596-70313-5

Dank an Alex

Der Garten, ganz ich.

Man sagt zu mir, Sie haben einen guten Gärtner. Die Leute sagen zu mir, Sie haben einen guten Gärtner! Was für einen Gärtner? Einen Handlanger, einen Arbeiter. Einen Kerl, der ausführt. Du, du denkst, er, er schiebt die Schubkarre und führt aus. Alles. Ich habe alles im Garten gemacht. Man beglückwünscht Nancy zu den Blumen. Ich bestimme die Farben, die Sorten, ich suche den Standort aus, ich kaufe das Saatgut, ich kaufe die Blumenzwiebeln, sie, was tut sie? – das füllt sie aus, wirst du mir sagen –, sie pflanzt sie. Man beglückwünscht sie. So ist das Leben. Alles Lob den Unnützen.

Ich möchte, daß du mir das Wort *glücklich* erklärst.

Sonntags spreche ich mit deiner Schwester über dich, denn ich spreche über dich. Du, du glaubst, ich spreche nicht über dich, aber ich spreche über dich. Sie sagt zu mir, er ist *glücklich*.

Glücklich? Neulich, bei René Fortuny, hat ein Dummkopf gesagt: »Der Zweck ist doch der, daß man glücklich ist.« Auf dem Nachhauseweg im Auto habe ich zu Nancy gesagt: »Hast du schon einmal eine dümmlichere Bemerkung gehört?« Worauf Nancy schlau zur Antwort gibt: »Und was sollte deiner Meinung nach der Zweck sein?...« Für sie ist das Glück legitim, verstehst du. Sie gehört zu jenen Leuten, für die das Glück legitim ist.

Weißt du, was sie mir kürzlich vorgeworfen hat? Ich habe in der Waschküche ein Rollo neu machen lassen. Weißt du, wieviel der Kerl verlangt, um das japanische Rollo anzubringen, das ich fix und fertig in jedem x-beliebigen Supermarkt kaufen kann? Eintausendsechshundertfünfzig Franc. Ich erhebe Einspruch. Ich will mich nicht übers Ohr hauen lassen, verstehst du. Schließlich geht der Kerl, ein Halsabschneider, um dreihundert Franc runter. Weißt du, was sie mir vorwirft? Daß ich eineinhalb Stunden gebraucht habe, um ihn um dreihundert Franc runterzuhandeln. Ihr Argument? Du schätzt dich auf dreihundert Franc die Stunde ein. In dem Glauben, mich damit zu verletzen. Und ihr anderes Argument? Der Kerl muß ja schließlich auch leben. Soweit ist sie jetzt.

Du bist also glücklich. Jedenfalls sagt man das von dir.

Ist die Rede von deinem Nichtstun, von deiner Nicht-Fruchtbarkeit, sagt man zu mir, er ist *glücklich*. Ich habe einen glücklichen Kerl in die Welt gesetzt.

Ich, der ich mir alle Mühe gebe, mitten in diesem ansprechenden Blumenbeet eine leichte Zufriedenheit zu verspüren, ich habe einen glücklichen Menschen gezeugt. Ich, der ich, an erster Stelle von deiner Mutter, der Tyrannei beschuldigt wurde, ganz besonders dir gegenüber, der ich exzessiver Strenge und in jedem zweiten Fall der Ungerechtigkeit beschuldigt wurde, ich betrachte heute das gute, das ausgezeichnete Ergebnis meines erzieherischen Bemühens. Gewiß, das Ausschlüpfen eines Kontemplativen habe ich nicht vorausgesehen, aber was will ein Vater, das Glück der Seinen, oder nicht?

Glücklich, sagt deine Schwester zu mir. Er ist achtunddreißig Jahre alt. Er reist mit den paar Kröten, die ihm die Vermietung der von mir bezahlten Wohnung einbringt, kreuz und quer durch die Welt.

Reist kreuz und quer durch die Welt. Nun gut …

Ich sage: »Was tut er? Morgens tritt er vor den Bungalow. Er betrachtet das Meer. Das ist schön. Nein, es ist schön, einverstanden. Er betrachtet das Meer. Gut. Es ist sieben Uhr zwölf. Er geht in den Bungalow zurück, er ißt eine Papaya. Er geht wieder hinaus. Es ist immer noch schön. Es ist acht Uhr dreizehn … Und danach?«

Was geschieht danach? Von da an mußt du mir das Wort *glücklich* erklären.

Gesund siehst du aus. In Mombasa ist schönes Wetter. Mombasa oder Kuala Lumpur, es ist mir schnuppe, nur keine Einzelheiten. Für mich ist das alles gleich. Nach acht Uhr dreizehn, im Osten oder im Westen, bist du die Welt.

Ich gratuliere dir, mein Junge, innerhalb einer Generation fegst du das einzige Credo hinweg, das mich je erfüllt hat. Ich, dessen einzige Angst die Monotonie der Tage ist, ich, der ich die Schwingtüren der Hölle aufstoßen würde, um vor diesem Todfeind zu fliehen, ich habe einen Sohn, der bei den Kanaken exotische Früchte genießt. Die Wahrheit hat mehrere Gesichter, hat deine Schwester in einem Anfall von Dummheit zu mir gesagt. Gewiß. Aber die Wahrheit in Gestalt des Papayaessers ist für mich undurchdringlich, weißt du.

Man würde bei dir vergebens nach Spuren von Ungeduld, Unruhigsein suchen, du schläfst, stelle ich mir vor, du schläfst gut, du gehörst nicht zu den bei Tagesanbruch Umherirrenden, meinen Freunden, man würde bei dir vergebens nach Spuren unnötiger quälender Fragen, zusammenhangloser Geschäftigkeit, mit einem Wort nach Beunruhigung suchen. Ich bin mir nicht einmal sicher, ob du meine Sorge dir gegenüber verstehst. Daß ich mir Sorgen machen kann wegen deiner Sorglosigkeit mag dir als ein Ungemach meiner Monomanie erscheinen, oder nicht? Du fragst dich, warum ich mich nicht ausruhe, du sagst dir, was fängt er mit seinen Tagen an, immer im Werden, was macht das für einen Sinn, nie satt, nie beruhigt. Beruhigt! Ein unbekanntes Wort. Mein Kleiner, wer einmal die Aktion geschmeckt hat, die Tat, fürchtet die Erfüllung, denn es gibt nichts Traurigeres, Farbloseres als das, was verwirklicht ist. Wäre ich nicht ständig in einem fortwährenden Werden, müßte ich gegen die Melancholie der Vollendungen ankämpfen, ich will schließlich nicht mit den Hitzewallungen eines alten Weibes enden. In deinem Alter wußte ich um die Eroberung, vor allem aber wußte ich bereits um den Verlust. Denn ich habe nie, siehst du, den Wunsch gehabt, die Dinge zu erobern, um sie zu behalten. Auch nicht irgend jemand zu sein, um es zu bleiben. Im Gegenteil. Sobald ich jemand war, mußte ich ihn zerstören. Nur der Nächste seiner selbst sein, mein Kleiner. Befriedigung gibt es nur in der Hoffnung. Und da entscheidet sich mein Nachkomme für einen gleichmäßigen Wohlstand auf der Grundlage allseitiger Ehrgeizlosigkeit und Verwunderung. Genaugenommen, wenn ich es nie gewagt habe, das Glück in Angriff zu nehmen, ich sage in Angriff nehmen, wohlgemerkt, wie man eine Festung erobert, so was erreicht man nicht beim Papayaessen in der Sonne, wenn ich nie das Glück in Angriff genommen habe, sage ich, dann vielleicht deshalb nicht, weil es der einzige Zustand ist, aus dem man nicht herausfallen kann, ohne Schaden zu nehmen. Von einer solchen Berührung gibt es keine Heilung. Du willst den Frieden sofort, mein armer Schatz. Na ja, Frieden. Ich erweise dir halt die Ehre des Vokabulars. Sagen wir lieber Wohlbefinden. Du willst so schnell wie möglich eine Alge sein. Du strengst dich nicht einmal an, irgendeine geistige Neigung zu heucheln, ich könnte darauf hereinfallen, ich bin nicht ganz frei von Naivität. Nein. Du kommst braun gebrannt zurück, ruhig, lächelnd, du hast zwei oder drei beruhigende Postkarten geschickt, und man sagt zu mir, in dem Glauben, mir eine Freude zu machen – in dem Glauben, mir eine Freude zu machen! –, er ist *glücklich*.

Als Kind hast du monatelang vor mir im Staub gelegen, um einen Hund zu bekommen. Erinnerst du dich noch? Monatelang kamst du angekrochen, hast geweint, hast gefleht, bist immer wieder auf das Thema zurückgekommen. Ich sagte nein, ich war sehr bestimmt, du hast mich weiterhin angefleht. Eines Tages hast du das Wort Hamster ausgesprochen.

Du hattest den Hund gegen die Ratte vertauscht. Ich habe nein zum Hamster gesagt und durfte mir daraufhin das Wort Fisch anhören. Tiefer konntest du nicht mehr sinken.

Deine Mutter hat mich überredet, den Fischen zuzustimmen, wir haben das Aquarium bekommen.

Bist du mit dem Aquarium glücklich gewesen? Ich habe Mitleid mit dir gehabt, mein Junge.

Siehst du diese liederlichen Primeln, sie ersticken den Lauch, niemand kommt auf die Idee, das Unkraut zu jäten. Wenn ich mich nicht darum kümmere, mit meinem Rücken, der wahnsinnig schmerzt, tut es niemand. Man muß nett sein zu den Dienstmädchen, ist Nancys Meinung. Nett sein heißt, sie um nichts zu bitten. Kürzlich hat sie zu mir gesagt, wenn Madame Dacimiento uns verläßt, verlasse ich dich. Angeblich war ich nicht liebenswürdig genug zu Madame Dacimiento. Was auch die Fehler oder Qualitäten – von denen sie immer weniger hat – Madame Dacimientos sein mögen, ich muß mich in Anbetracht ihrer Dienstbarkeit beugen. Es spielt keine Rolle, daß Madame Dacimiento die fleischgewordene Mittelmäßigkeit geworden ist, jemand, der weder Treppen steigen noch sich bücken kann, Madame Dacimiento kann weder nach oben schauen, noch die Augen niederschlagen, sie kann die Welt nur auf ihrem Niveau sehen. Sie ist mit einem Heizungsinstallateur verheiratet, mit einem Stubenhokker, der nichts mag. Nicht einmal Fußball im Fernsehen. Was für einen Portugiesen nicht normal ist. Die Portugiesen mögen Bälle, Fett und Autokataloge. Ihrer mag nichts.

Wenn ich auf meine innerste Natur hören würde, ich weiß nicht, wie ich wäre. Diese Frau ist seit sieben Jahren bei uns. Seit sieben Jahren hat sie es nicht ein einziges Mal verstanden, den Müllbeutel korrekt dem Rand der Mülltonne anzupassen. Ab und zu habe ich Lust zu ihr sagen: »Du hast deinem Kanaken wohl noch nie einen Pariser übergezogen, du Schlampe?« Hast du gesehen, wie aufgebläht ich bin? Ich widere mich an. Fresse mittags zuviel, morgens nicht genug. Außerdem esse ich morgens gar nichts. Schon immer das Frühstück gehaßt, dieses Ritual gehaßt. Diese Faxen mit der Vitalität. Nancy ist morgens immer gutgelaunt. Sie lächelt, wenn sie dir Tee eingießt. Wenn sie ihr Toastbrötchen mit Butter und Honig knabbert, schreiten ihre Augen den geheimen Horizont ihres Tages ab. Sie ist wunderbar, weißt du. Sie liebt die Leute, sie will das Wohl der Menschheit. Vom frühen Morgen an. Sie ist eine entsetzlich positive Frau, vom Aufstehen an. Das ist natürlich neu, aber von nun an ist das eben so. Nancy steht auf der Seite der Großzügigkeit. Von früh bis spät bemüht sie sich, mit Worten zu überzeugen, und sobald sie kann, stürzt sie sich in irgendeine Menge und schwenkt Spruchbänder und Co. So war sie nicht, als ich sie kennenlernte, wie du dir vorstellen kannst. Nancy hat in der Idee der Demokratie die Substanz zur Veredlung ihrer Seele gefunden. Was sie verloren hat an Sex-Appeal, vielleicht hat sie das an Paradies gewonnen? Nancy fließt über vor Energie. Sie wirft mir vor, daß ich mich unaufhörlich beklage, sie versteht nicht, daß ein Mann, der keinen Ort zum Jammern hat, kein normaler Mann sein kann. Sie wirft mir vor, daß ich ihr nie helfe, sie wirft mir vor, wenn wir irgendwohin fahren, daß ich mich aufs Bett fallen lasse, während sie die Koffer auspackt, sie versteht nicht, daß ich immer müder bin als sie. Sie hat, selbst müde, keinen Hang zur Horizontalität, ich gehöre zu einem Geschlecht der Hingeflegelten, der Bauchmuskelentsager. Nancy kennt das Elend des Körpers nicht. Und widerlegt auf ebendiese Weise die Tragik des Lebens. Was übrigens dasselbe ist. Seitdem sie sich für die gesellschaftlichen Konvulsionen begeistert, seitdem sie aus ihrer dacimientesken Neigung eine Lebensart gemacht hat, ist Nancy froh darüber, daß sie auf der Welt ist. Ich bin von Glücklichen umzingelt, siehst du! Als ich sie kennenlernte, war sie sehr aufregend und stürzte sich wenigstens nicht voller Schwung in die Existenz. Du konntest in ihrem Verhalten einen kleinen Rest von Depression ausmachen. Eine kleine existentielle Blässe. Sehr aufregend. Der fehlende Wille ist eine deutliche Qualität bei Frauen. Ich kann sogar sagen, daß mir Nancy, als ich sie kennenlernte, in gewisser Hinsicht überlegen war. Was in mir durch Erschöpfung, durch Betagtheit gleichgültig geworden ist, und wollte ich mich brüsten, würde ich sagen, durch ein gesuchtes Scheitern, hatte sie aus Dummheit. Aus dem Geist der Dummheit heraus. So sind die begehrenswerten Frauen, mein Junge, ein bißchen oberflächlich, ein bißchen abwesend, nebulösen Ideen zugeneigt. Du kannst dir die entsetzliche Veränderung nicht vorstellen. Ein Herz, das du träge glaubtest, einen Körper, den du zärtlich und deinen Ausschweifungen vorbehalten glaubtest, werden unter dem brutalen Zugriff des Optimismus zu Herz und Körper eines Kompanieführers. Ein Gehirn, von dem du dachtest, es habe sich der Apathie verschworen, fängt an, Gedanken zu produzieren, und zwar Gedanken, die den deinen natürlich immer entgegengesetzt sind und voller Hartnäckigkeit und Eigensinn verkündet werden, um dir den Rest zu geben.

Erkläre mir die Reise. Mein Kind. Ich verstehe den Wunsch nach Bewegung. Die Reiselust verstehe ich. Ich verstehe die Neugier, den Wunsch, anders zu sein, ihn ganz besonders. Bevor ich der Alte war, den du siehst, habe ich das bei den Frauen gesucht. Ich war dann zwei, drei Tage lang anders. Uninteressant. Bist du ein anderer bei deinen Fernreisen? Sag mir, belehre mich, was geschieht *weit fort*? Weit fort, wovon denn nur?

Ganz ich, der Garten. Wenn ich jetzt auf der Stelle abkratzen würde, wäre in zwei Monaten alles Gestrüpp. Lionels Frau hat die Vorhänge ihrer Wohnung gewechselt. Ich habe Lionel jeden Morgen am Telefon, und jeden Morgen, seit die Katastrophe stattgefunden hat, erzählt mir Lionel von der Katastrophe der Vorhänge. Stell dir einen Mann vor, der vierzig Jahre lang mit aller Heftigkeit dieselben Vorhänge zuzieht und der sich plötzlich auf der letzten Etappe seines Lebens nicht nur zur Veränderung, sondern auch zu einer ganz sanften Bewegung gezwungen sieht, weil seine Frau es unternommen hat, das Ganze mal durch etwas Neues aufzumischen und eine Führungsschiene hat anbringen lassen, um den neuen Vorhängen, die er haßt, Halt zu geben. Siehst du, Lionel zum Beispiel, Lionel ist immer eine Art kontemplativer Mensch gewesen. Man kann nicht sagen, daß sich Lionel energisch ins Lebensabenteuer gestürzt hätte, nicht wahr. Und du könntest zu mir sagen, warum verzeihst du Lionel, daß er den größten Teil seiner Tage damit zubringt, von seinem Fenster aus die Kreuzung Laugier-Faraday zu betrachten, wirfst mir aber vor, daß ich die Reize des Planeten beobachte. Worauf ich dir antworten würde, mein Lieber, daß Lionel niemals, aber wirklich niemals auch nur die mindeste Fülle, ein lächerliches Wort, nebenbei bemerkt, angestrebt hat, nicht den mindesten Wohlstand, nicht den Keim einer physischen Sättigung. Lionel, der seit jeher durch Pessimismus und Pein festgenagelt war, strebt nur nach seiner Seelenruhe. Ein furchtbarer Ehrgeiz, mein Kleiner, einer, der keine Antipoden benötigt. Und ich muß dir sagen, wenn Lionel der Freund geworden ist, der er ist, dann deshalb, weil ich bei ihm jederzeit, sollten mich einmal unvermutet düstere Visionen heimsuchen, ein wenn auch grundverschiedenes Echo meiner Niedergeschlagenheit finden werde. Mit einem *glücklichen* Menschen oder einem, der dies anstrebt, was noch schlimmer ist, kann man nicht befreundet sein. Zunächst einmal, siehst du, kann man mit einem glücklichen Menschen nicht lachen. Man kann mit dem *Glücklichen* nicht lachen. Lachst du etwa? Lachst du noch? Vielleicht bist du, im Gegensatz zu den Behauptungen deiner Schwester, dieser dummen Kuh, doch nicht definitiv glücklich?

Mit Lionel kann ich lachen. Und ich lache ohne Hintergedanken. Und ich kann mitfühlen. Und ich verstehe die Tragödie mit den Vorhängen. Und weil wir die Tragödie mit den Vorhängen verstehen, können wir auch darüber lachen. Aber über diese Katastrophe mit den Vorhängen könnte Lionel mit keinem anderen lachen.

Denn wenn wir darüber lachen können, dann nur deshalb, weil wir, er und ich, das Gewicht der Beeinträchtigung ermessen haben. Ein Gewicht, das, wie du mir zugeben wirst, der Glückliche auf keinen Fall erfassen kann. Außerdem ist der Glückliche glücklich darüber, daß die Vorhänge gewechselt werden, denn er ist versessen auf Veränderungen. Der Glückliche hat sich bewußt eine Frau ausgesucht, die die Vorhänge wechselt. Dort, wo Lionel und ich eine Kriminelle sehen, loben die normalen Leute, die Anwärter aufs Glück, eine ausgeglichene und gesunde Frau. Eine häusliche Nancy. Madame Dacimiento fährt Anfang November für acht Tage nach Portugal. Anfang November: ein Datum, auf ihrem eigenen Mist gewachsen. Angeblich verheiratet ihr Heizungsmonteur seine Schwester. In den großen Familien gibt es natürlich immer eine Hochzeit oder einen Todesfall. Nancy klatscht Beifall. Daß Dacimiento *a cappella* beschließt, mitten im Jahr eine Woche Urlaub zu machen und uns kaum einen Monat vorher Bescheid zu sagen, ohne uns zuvor um unsere Meinung zu fragen, ich nehme nicht einmal das Wort Erlaubnis in den Mund, das findet sie alles legitim und sympathisch. Gut. Aber daß ich einen kleinen Vorbehalt zu äußern wage über die Zweckmäßigkeit, den November als einen normalen Monat abzurechnen, obwohl die Dacimiento bereits ihre Ferien und ihren bezahlten Urlaub gehabt hat und obwohl sie zu Weihnachten ihre Geschenke erhalten und der Heizungsmonteur früher oder später die meisten meiner Hosen und meiner Hemden bekommen wird, so viel Kleinlichkeit und mangelnde psychologische Anpassungsfähigkeit machen sie betroffen. Zu der neuen Charta ihres existentiellen Positivismus gehört wohl oder übel auch das Hosenherunterlassen vor dem Dienstmädchen.

Von dir sagt deine Schwester, die genau die Worte wählt, die mich aufbringen, daß du die *Dinge kostest*. Die Dinge kosten, das ist für mich Denise Chazeau-Combert, wie sie eine karamelisierte Kirsche lutscht. Sie sagt zu mir, daß du die Dinge kostest, was natürlich soviel heißt wie im Gegensatz zu dir, Papa. Übrigens ist das im Gegensatz zu dir in neunzig Prozent aller eurer Feststellungen eingeschlossen. Was kostest du, mein Kind? Welches sind diese fernen Dinge, die es wert sind, daß man bei ihnen verweilt?

An der Kreuzung Laugier-Faraday steht ein Baum. Eine Kastanie, wie mir scheint, aber ich bin mir nicht sicher. Kurzum, ein einzelner Baum, den Lionel seit vierzig Jahren von seinem Fenster aus beobachtet. Jeden Tag, zu jeder Jahreszeit. Die Knospen, die Blätter, im Herbst und so fort. Jeden Tag zu jeder Jahreszeit wird Lionel die entsetzliche Gleichgültigkeit der Zeit beobachtet haben.

Innerhalb einer Generation fegst du das einzige Credo hinweg, das mich je erfüllt hat. Ich, dessen einziger Schrecken die Monotonie der Tage ist, ich, der ich die Schwingtüren der Hölle aufstoßen würde, um vor diesem Todfeind zu fliehen, ich habe einen Sohn, der in der Freizeit versauert. Vielleicht hast du schon von Anfang an gewußt – was für eine Weisheit, wenn es so wäre –, daß wir dazu verdammt sind, uns selber unterlegen zu sein. Jeden Tag hat mich die Welt geschrumpft. Und siehst du, ich habe noch sosehr und unablässig gegen diese Schrumpfung ankämpfen können, es war eine im voraus verlorene Schlacht. Wozu also, wirst du mir sagen, im Vollbesitz der trostlosen Mischung von Nüchternheit und Mittelmäßigkeit, die deine Sache zu sein scheinen, soll man sie überhaupt schlagen? Denn jeder Krieg, so vergeblich er auch sein mag, so mörderisch er auch sein mag, ist dem Komfort überlegen. In meinem Leben werde ich im wahrsten Sinn des Wortes getötet worden sein, verbannt zuerst, dann hingerichtet, von der Trägheit der Anwärter auf den Komfort. Deine Kumpane. Die Horde von deinesgleichen. Was mich bei dir verwundert, ist die Tatsache, daß du noch nicht die kleine Familie zustande gebracht hast. Wie deine Schwester. Die erste Frau, nebenbei bemerkt, die ein Kind zur Welt gebracht hat. Wie steht's bei dir eigentlich mit den Frauen, mein kleiner Schatz? Fickst du auf deinen Reisen ein wenig? Du fickst doch wenigstens?

Erklär mir die Reise, mein Kind. Gibt es ein Leben

außerhalb von sich selber? Gibt es eine Wirklichkeit außerhalb von sich selber? Die einzige Frau, von der ich wirklich besessen war, ist ein durchtriebenes Luder gewesen, das mir nicht das Wasser reichen konnte. Ich hätte mich für dieses Aas in Stücke hacken lassen, und in gewisser Hinsicht habe ich auch tatsächlich dran glauben müssen. Es war meine einzige existentielle Erfahrung. Der Gegenstand selbst blieb unverändert, taugte nichts und hielt hartnäckig daran fest, nichts zu taugen, doch zwischen ihrem Ja und ihrem Nein wurde ich abwechselnd vom Eroberer zum Wrack, je nachdem, ob sie ja sagte oder nein sagte, forderte ich das Universum heraus oder brach zusammen.

Das Leben ist das, was wir ungeduldig wollen. Die Wirklichkeit der Urstoff, der sich zurückziehen soll. Das ist meine Theorie. Der Rest, Weiberspitzfindigkeiten.

Erzähl mir vom Reisen. Auch ich bin verreist, erinnere dich, als ihr Kinder wart. Meine jährliche Reise in den *far east*. Jahrelang habe ich *far east* gesagt, um Korea zu sagen. Dann haben sich die Geschäfte auf ganz Südostasien ausgedehnt, als ich anfing, in Konfektion zu machen, fuhr ich nach Hongkong, Singapur, Makao, kurz… wo ist der Unterschied? Hotels, Fabriken, Büros, Geschäftsessen, Flughäfen, Hotels, Palmen, amerikanische Autos, Fabriken, Flugzeuge, von den Lieferanten arrangierte und bezahlte Abende, du tanzt auf Socken mit einer Art Geishas, die dich zuvor wie ein Kind mit kleinen Stäbchen gefüttert haben, keine

Huren, aber auch keine Jungfrauen, Stadtrundfahrten, Denkmäler, die dir wurscht sind, du kommst zurück, den Koffer vollgestopft mit Nichtigkeiten, Andenkenkram und ähnlichem Zeug, und was für eine Welt hast du gesehen, wo bist du gewesen, es gab in diesem schlichten Wort *far east* so viel mehr Grenzen, mehr Traum, so viel mehr Reise!

Sie hieß Christine, sie ließ sich Marisa nennen. Ihr Vorteil gegenüber deiner Mutter und gegenüber Nancy ist der, daß sie nie amerikanisch angehaucht war, wenn du weißt, was ich meine. Deine Mutter und Nancy haben sich im Laufe der Zeit schrittweise in Amerikanerinnen verwandelt. Das ist alles, was sie fanden, um sich abzuheben. Die Emanzipation. Daß deine Mutter Amerikanerin geworden war, wußte ich an dem Tag, an dem ich gehört habe, wie sie im Laufe eines Abendessens ganz ungeniert, entschuldige dieses Detail, große Zehen und Ohrläppchen als erogene Zonen bezeichnet hat. Und diese Worte mit der Ungezwungenheit einer Frau ausgesprochen, zu deren normalem Wortschatz sie gehören.

Unglücklich, das war ich. Auf aberwitzige Weise verfolgt, auf aberwitzige Weise aufgelöst. Aufgelöst von Marisa Botton, alias Christine, verantwortlich für Planung und Auftragsabwicklung bei Aunay-Foulquier.

Sie wohnte in Rouen. Alle unsere Kunden zu Anfang waren in Rouen. Die Montevalons, die Köllers, Aunay-Foulquier, Rouen.

Marisa Botton, Rouen. Die einzige Wirklichkeit, Rouen.

Endgültig mit Arthur verkracht. Wegen eines Satzes. Als wir von René Fortuny sprachen, sage ich: »René hat überhaupt keinen Geschmack.«

»Er hat nicht deinen Geschmack«, gibt Arthur zurück.

Ich sage: »Hast du die Häßlichkeit seines Wohnzimmers gesehen?«

»Sag, daß es dir bei ihm nicht gefällt, sag nicht, daß es häßlich ist.«

»Wo ist der Unterschied?«

»Mach bitte«, ein Satz von Arthur, »mach bitte die Unterscheidung zwischen deiner Einbildung und der Wirklichkeit.«

Mit anderen Worten, du bist nicht die Welt. Es gibt die unendliche Vielfalt der Dinge, und es gibt dich, ein kleines, unbedeutendes Stück Scheiße, dessen Sein und dessen Meinung einem vollkommen schnuppe sind. Folglich ernsthaft und endgültig mit Arthur verkracht, der mir, wenn ich so sagen darf, in keiner Weise fehlen wird, außer beim Schach, wo er sich, obgleich er ziemlich nachgelassen hat, als der einzige mögliche Partner erwies. Obgleich er sehr nachgelassen hat. Du konntest mit ihm keine Blitzpartie mehr machen. Die Neuronen suchten das Weite. Ein Kerl, der seine Überlegenheit auf die sogenannte Wirklichkeit gründet, hat jedenfalls überhaupt kein intellektuelles Niveau mehr. Ein Kerl, der außerdem die Häßlichkeit von René Fortunys Wohnzimmer nicht als Richtmaß für die Wirklichkeit in Betracht zieht, ist ein Kerl, der am Ende ist. Mach bitte, endgültiger Satz, die Unterscheidung zwischen der Wirklichkeit und deiner Einbildung. Vollkommene Absurdität. Totales Unverständnis der Welt. Was ist aus Rouen geworden, seit dieser Name aufgehört hat, mein Herz zu brechen? Rouen, das mein ganzes Tun und Treiben lenkte. Rouen, mein Exil, mein Babylon, Rouen, unaufhörlich geschrieben, ausgelöscht und wieder geschrieben, Rouen, an Arthurs Wirklichkeit zurückgegeben, fünf Buchstaben auf einer Straßenkarte.

Eines Tages, in den Skiferien in Chandolin, als ihr alle Ski gefahren seid und ich auf den Wegen spazierenging, bin ich einer Familie von Italienern begegnet. Auf dem Schlitten. Mutter auf dem Schlitten, Vater auf dem Schlitten, Kinder auf dem Schlitten. Die Mutter brüllte vor Freude und Angst, der Vater schrie *frena! frena!*, die Kinder lachten, alle prallten aufeinander, stießen gegen die Seiten des Pfades, kippten lachend um, *frena!*...

Wir fuhren, als wir jung waren, im Winter nach Morzine, Lionel hatte dort eine Braut, die auch mir gefiel. Wir betrachteten durchs Fenster den Sonnenuntergang auf den Bergen. Plötzlich rief das Mädchen: »Warum habe ich eine so pessimistische Vorstellung vom Leben?«

»Beobachten Sie die Berge«, sagte Lionel, »beobachten Sie die Schönheit der Kämme, eines Tages werden Sie denken, ich habe meine schönsten Stunden vergeudet.«

»Sie haben recht, aber wie stelle ich es an?«

»Ein bißchen blöde sein«, sagte Lionel.

Die Italiener in Chandolin waren blöde. Völlig blöde auf ihren Schlitten. Ich habe sie aus der Ferne am Hang gesehen, wie sie ihre irre Abfahrt fortgesetzt haben, hingefallen sind, geflucht haben, und ich, reglos, ein Greis an jenem Tag – ich war noch jung –, ein Greis aus Blei und Bitterkeit. Fünfzig Jahre nach Morzine habe ich zu Lionel gesagt: »Haben wir, du und ich, es verstanden, blöde genug zu sein?«

»Du ja«, sagte er zu mir.

Kürzlich hat er mir gestanden, daß er an der Place des Invalides geweint hat, als er den mexikanischen Präsidenten von Motorradfahrern eskortiert vorbeifahren sah. Lionel hat geweint, erschüttert vom Empfang Frankreichs und der Größe der Republik. »Weil du nicht hinreichend blöde gewesen bist«, lachte ich, »bist du ein echter Kretin.«

»Natürlich!« nickt er.

Blöde sein, ein wenig blöde sein, mein Lieber, gilt nicht für den Liebhaber der Tropen. Täusche dich nicht. Ich habe immer Angst, verzeih mir, daß du Vorteil aus einem Wortschatz ziehst, von dem ich nicht sicher bin, ob dich sein Humor und die Finesse seiner Verkürzung überhaupt erreichen. Wenn man es recht bedenkt, ist sogar das genaue Gegenteil der Fall. Ein wenig blöde sein, als Rat, wie er ursprünglich von Lionel vorgebracht wurde, ist nur für die komplexen Seelen bestimmt. Nur der Gequälte, das heißt, leider, das Gegenteil von dem, was du zu sein dich bemühst, begreift die brüderlich wählende Nuance. Einem Blödmann empfiehlt man nicht, ein wenig blöde zu sein. Sowenig wie einem Sorglosen (sein Vetter, unter uns). Und noch weniger einem Glücklichen. Wenn es ihn denn gibt.

Lionel bekommt keinen mehr hoch. »Ein Fluch weniger«, verkündet er. Ich sage zu ihm: »Was ist daran neu? Du bekommst schon lange keinen mehr hoch.«

»Nein, nein« sagt er, »Irrtum, ich bekomme bei Joelle keinen mehr hoch. Bei Joelle ist die Sache begraben, aber anderswo kam ich klar. Das Problem ist, daß ich heute bei keiner mehr einen hoch bekomme. Von einem Tag auf den andern war die Funktion gestört. Ich habe nicht die Kraft gefunden, mich völlig darüber zu freuen. Ich bin zu einem Arzt gegangen, einem gewissen Doktor Sartaoui, ein Spezialist in der Sache. Im Wartezimmer waren wir zu zweit«, sagt Lionel, »ich habe mir gesagt, sieh an, er ist jünger als ich und er bekommt auch keinen mehr hoch. Das hat mich im ersten Augenblick gefreut.«

Der Kerl verschreibt ihm Pillen, die er zwei Stunden vorher einnehmen soll. »Zwei Stunden vor was«, sage ich.

»Vor was? Vor dem Ficken!«

»Und woher weißt du, daß du zwei Stunden danach ficken wirst?«

»Weil du das bei den Nutten programmieren kannst, Alter.«

Schon immer der große Unterschied zwischen Lionel und mir. Er ist versessen darauf, ich habe mich nie wirklich mit Nutten abgegeben. Kurzum, Lionel zieht los, um die Pille zu testen, die verblüffend gut funktioniert. Zweiter Versuch, ebenfalls toll, wenn auch kurz. Er wird übermütig. Beschließt, er, der gewissermaßen nicht mehr ausgeht, er, der seit einigen Jahren nichts mehr von der Kompliziertheit des Stadt- und Gesellschaftslebens weiß, beschließt, sich in ein Abenteuer zu stürzen. Die Beute ist bereits gefunden in der Person einer Kellnerin aus dem Restaurant Petit Demours, wo sich Lionel an jedem Wochentag mittags zu Tisch setzt. Das Mädchen arbeitet dort seit einem Jahr, und von Scherzen zu schweifenden Blicken kam ein jämmerliches Band zwischen ihnen zustande. Von Sartaouis Pillen gedopt, geht Lionel zum konkreten Angriff über. Ein Angriff, der mit folgendem Satz beginnt: »Wissen Sie, daß sich in Australien die Schwarzen Witwen in der Stadt niederlassen und die gelbe Schlange, sehr giftig, ebenfalls«, säuselt er zwischen Kalbsragout und Kaffee. Lionel, verstehst du, hat immer nur mit Nutten verkehrt oder mit selbstzerstörungssüchtigen Frauen, bei denen er, aller Wahrscheinlichkeit nach, keine sexuellen Aussichten hat, die er aber wegen seiner Gedankenflüge gegen Liebe, Kinder, Fortpflanzung, kurz, gegen das Leben, in seinen Bann zieht. Die Kellnerin, fünfzig Jahre jünger als er – beachte dieses Detail –, gehört zu einer ihm unbekannten Zwischenkategorie. Daher das Klaffende dieser Einleitung.

Das Mädchen lacht. Das Mädchen lacht und sagt, insofern erweist sich der Satz als ausgezeichnet: »Auch bei uns gibt es gefährliche Tiere.« Aufplusterung Lionels, der sich automatisch in die Lage versetzt fühlt, ein Rendezvous vorzuschlagen. Das Mädchen akzeptiert. Lionel geht nach Hause und fängt an, Berechnungen anzustellen. Sie haben sich für halb fünf in einem Café zwischen Wohnung und Restaurant verabredet, das Mädchen nimmt seine Arbeit im Restaurant Demours um sieben Uhr wieder auf, das heißt, daß ein Zeitraum von zwei Stunden dreißig Minuten bleibt, eine halbe Stunde im Café für die verbalen Präliminarien, um fünf Uhr Hotel... Hotel? Bei ihm? Was für ein Hotel? Lionel entscheidet sich für die eigene Wohnung, was trotz einiger unnützer und schnell wieder ausgeräumter Skrupel im Hintergrund nur Vorteile bietet, also um fünf Uhr bei ihm zu Hause, sagen wir Viertel nach fünf für den Fall, daß was dazwischenkommt, die Pille muß also um drei Uhr fünfzehn eingenommen werden, das heißt sofort, hopp, Lionel schluckt die Pille. Eine Stunde lang läuft er hin und her, reibt sich mit Parfüm ein, streckt sich zwei- oder dreimal, wie es in einer Zeitschrift von Joelle empfohlen wird, beschließt, *Terre sauvage* zu abonnieren, eine Illustrierte, in der er den Anmachersatz gefunden hat und die er in Sartaouis

Wartezimmer, das eindeutig im Mittelpunkt der Geschichte steht, entdeckt hat.

Um vier Uhr fünfzehn geht er hinunter. Er geht die Rue Laugier viel strahlender hinauf als gewöhnlich, es ist schön, es ist einer jener Tage, an denen Gott und der Wind sich dafür entschieden haben, dich von der richtigen Seite her zu ondulieren. Er ist glücklich. Vier Minuten lang schreitet Lionel als König der Welt dahin.

Um vier Uhr zwanzig ist er im Café, wo er ein Zitronenschweppes bestellt, das er haßt, um einen anziehenden Atem zu behalten. Um fünf nach halb fünf ist das Mädchen immer noch nicht da, um Viertel vor fünf auch nicht. Um fünf vor fünf kommt sie. Sie findet einen verstörten Greis vor, der ihr eine zitternde Hand hinstreckt. Sie bestellt einen Tee und verkündet sogleich, daß sie ihn um sechs Uhr verlassen muß. Sartaouis Pille hat trotz des klapprigen Aussehens ihres Benutzers im verborgenen ihre ersten Signale ausgesandt. Ein katastrophales Timing. Das Mädchen ist ruhig, lächelt. Hört zu. Wie es eine Krankenschwester in einer Palliativpflegeabteilung tun würde. Während sie auf ihren Kräutertee bläst, klammert sich Lionel an die Brust, das einzige Element, das phasengleich zum Augenblick ist, der letzte Fetzen Horizont.

Er wird alles auf eine Karte setzen.

»Ich fühle mich nicht wohl«, sagt er, »mich befällt ein Unwohlsein, könnten Sie mich nach Hause begleiten?«

»Sie fühlen sich nicht wohl?«

»Nein«, sagt er und steht ultramühsam auf, »mir dreht sich alles.«

»Alles dreht sich?«

»Alles dreht sich, ja.«

Sie nimmt seinen Arm. Sie gehen hinaus. Die Rue Pierre-Demours ist überfüllt, laut, das Wetter ist grau. Sie stützt ihn freundlich. Ein freundliches Mädchen, sagt er sich, welch ein Aberwitz!

Sie kommen vor seiner Toreinfahrt an. »Soll ich mit Ihnen nach oben gehen?« schlägt sie ihm mitleidig vor.

»Gern«, antwortet Lionel mit piepsiger Stimme und fragt sich, wie er, einmal oben angekommen, die Kurve vom Abkratzenden zum Casanova meistern wird. Der Aufzug kommt herunter. Er ist da. Stell dir einen von diesen Aufzügen mit durchbrochenem Gitter vor. Lionel sieht Füße, einen Rockzipfel... Joelle! Joelle, Generalsekretärin bei einer Pensionskasse an der Porte de Picpus, Joelle, die seit vierzig Jahren für den Unterhalt der Familie sorgt, in vierzig Jahren nie vor sieben Uhr abends heimgekommen, ist an diesem Tag um Viertel nach fünf zu Hause, in der Rue Laugier.

»Madame Gagnion ist gestorben«, sagt sie.

Miststück, denkt Lionel, dieses Miststück von Gagnion, bringt es fertig, genau dann abzukratzen, wenn ich einen Steifen habe, so ein gemeines Miststück. Gagnion ist ihre Nachbarin von obendrüber. Eine Alte, die niemanden hat als sie. Kurzum, Lionel dankt dem Mädchen, sagt zu Joelle, daß ihn selber auf der Straße ein

Unwohlsein befallen habe. »Was für ein Unwohlsein?!« beunruhigt sich Joelle, die schon wegen Gagnions Tod einen Schock erlitten hat. Nicht der Rede wert, nicht der Rede wert, mein Liebling, ein kleiner Schwindelanfall. Joelle gibt der Concierge einige Anweisungen, sie gehen hinauf, Joelle verlangt, daß Lionel sich hinlegt. Sie hilft ihm beim Ausziehen. »Aber was ist denn das«, ruft sie, »du hast ja einen Steifen!?« Und sogleich, statt sich die Situation zunutze zu machen, schlägt sie ihn unter Gezeter windelweich. Die Ziege von unten ist nichts weiter als eine dreckige Hure, der sie an die Gurgel gehen wird, er hat nie ein Unwohlsein gehabt, er ist nichts weiter als ein armseliger Wicht, ein Parasit, ein Scheißkerl. Daraufhin Adieu Sartaoui, Adieu Kellnerin vom Demours, Adieu Steifung.

Ein Ende wie jedes andere, wirst du mir sagen.

Nun ja. Von Ende zu Ende gehen wir, mein Junge. Von Ende zu Ende. Die Dinge schwinden eins nach dem andern dahin. Vom strahlenden Glanz zur Dunkelheit. Wie Lionel beim Überqueren der Rue Pierre-Demours.

Du weißt, daß Nancy auch Psychologin geworden ist. Du wirst mir sagen, das gehört zum Arsenal. Sie ist Psychologin geworden, und wenn das Gespräch auf dich kommt, was vorkommt, gibt sie folgende Theorie von sich. Du sollst durch mich ein Trauma erlitten haben – eine Theorie, die deine Mutter natürlich teilt –, du sollst also durch mich in der Kindheit ein Trauma erlitten haben wegen meiner Strenge, meiner Ansprüche, meiner lockeren Hand und so fort. Du sollst durch mich ein Trauma erlitten haben und von mir ausgelöscht worden sein. Ausgelöscht durch die Kraft meiner Persönlichkeit, die in keiner Weise deiner Sensibilität, deiner Zerbrechlichkeit entsprach, alle diese angeblich positiven Wörter, die heute im Schwange sind.

Also, traumatisiert und ausgelöscht hast du das Leben unter den schlechtesten Bedingungen angegangen. Du warst, wenn man sie hört, einer von denen, die einmal zu Drogenabhängigen oder Straffälligen werden. In diesem Stadium der Untersuchung glaubt Nancy Mitleid bei mir zu erregen, was, nebenbei bemerkt, zeigt, wie wenig sie von Psychologie versteht. Folglich sollte ich mich über deine Unbekümmertheit freuen. Daß du keinen Ehrgeiz hast, daß du einmal als gesellschaftliches Wrack endest, spielt keine Rolle. Du bist ein Junge, der die Meßlatte des Unglücks wieder höher legt. Und dafür, Hut ab. Mit Stalin als Vater, Hut ab, mein Junge.

Wäre ich dir gegenüber nicht von so etwas wie zärtlichem Mitleid erfüllt, könnte ich dich durchaus verabscheuen. Nancy kann sich gar nicht vorstellen, wie sehr du mich anwiderst, wenn sie mir von deiner *Vernichtung* erzählt. Das sind ihre Worte. Ich soll dich vernichtet haben.

»Wie denn?« sage ich zu ihr.

»Du warst zu stark, du hast ihn nicht sich entfalten lassen.«

»Aha ... Aber jetzt entfaltet er sich.«

»Ja. Er fängt an sich zu entfalten, das ist wunderbar.«

Nancy kann minutenlang von deiner Entfaltung sprechen. Vernichtung und Entfaltung sind die beiden großen Leitlinien deiner Krankengeschichte. Nicht ein einziges Mal hast du dich nach meiner Gesundheit erkundigt. Worauf soll ich dieses Schweigen zurückführen? Scham? Gleichgültigkeit, Überdruß? Wisse, daß es mir nicht gutgeht. Und wenn du mich seit jeher schon als anfällig für Krankheiten gekannt hast, so wisse, daß sie von nun an meinen Terminkalender bestimmen. Aber dir ist das schnuppe, für dich ist das kein Gesprächsthema. Dein Schwager Michel, der am letzten Sonntag mit deiner Schwester und ihrem Kind gekommen ist – bei dieser Gelegenheit hat sie in bezug auf dich das Wort *glücklich* ausgesprochen –, entfaltet sich ebenfalls, stell dir vor. Er ist Mitglied des jüdischen Wandervereins der Ile-de-France geworden. Das ist alles, was er gefunden hat, um endlich Jude zu sein. Am letzten Wochenende haben sie die Strecke Montfort-l'Amaury-Coignières zurückgelegt. Sie sind nachmittags gekommen, am selben Morgen hatte er die Strecke Montfort-Coignières zurückgelegt. Achtzehn Kilometer. Wahnsinnig vor Glück. Zwischen Wochenendhäusern, von Autostrassen durchschnittenen Wäldern, kleinen Kieshaufen, was weiß ich. Auch er sehr entspannt. Kein Schatten eines existentiellen Problems mehr. Gleichzeitig, wirst du mir sagen, hat er damit eine ganze Ecke Unkraut ausgerissen. Erkläre mir, wie man, noch dazu in einer Gruppe, zwischen Müllkippen und Rote-Rüben-Feldern von Montfort über Cergy nach Coignières laufen und dann mit der Linie B der S-Bahn zurückfahren und dabei ein optimistischer Mensch bleiben kann. Da ist also ein Junge, der sonntags aufsteht, nach einer anstrengenden Woche, der im Morgengrauen aufsteht und zu sich sagt, prima, heute werde ich mit meinen jüdischen Wanderfreunden nach Coignières laufen. Nach Coignières. Du, du brauchst gleich die Karibik. Denn zur Krönung meines Despotismus und meiner schlechten Behandlung habe ich eine Luxusnutte aus dir gemacht. Wenn du für die Poesie von Cergy-Pontoise unzugänglich bleibst, ist das sicherlich meine Schuld, und ich verstehe besser als jeder andere, denk daran, daß man die Meßlatte des Unglücks innerhalb des Äußeren Rings nicht höher legen kann.

Du hast beschlossen, ein Sabbatjahr einzulegen. Ich habe, schau an, die Neugier besessen, diese Redewendung im Wörterbuch nachzuschlagen, der Ausdruck ist, was dich betrifft, völlig fehl am Platze, denn er bezieht sich auf Universitätsprofessoren, die sich alle sieben Jahre persönlichen Forschungen widmen und ein vorlesungsfreies Jahr einlegen. Wie dem auch sei, wenn man in allen Fällen Sprachmißbrauch oder Spracherweiterungen vermeiden müßte, könnte man gleich davon absehen, den Mund aufzumachen. Du hast also beschlossen, ein Sabbatjahr einzulegen, ein dezentes Wort, um in Wirklichkeit, wenn ich mich so in deiner Umgebung umhöre, ein arbeitsfreies Leben zu bezeichnen. Kurzum, du hast beschlossen, nichts mehr zu tun. Gut. Was mich trotz allem an deinem Vorhaben interessiert, ist seine absolute Belanglosigkeit. Und das einmal wenigstens ohne Ironie gesagt. Sobald du beschließt, außer der Besichtigung des Planeten nichts mehr zu tun, belastest du dich mit keinen Skrupeln, mit keiner parasitären Tugend, dir ist, und dafür bin ich dir wirklich dankbar, der Gedanke sichtlich fern, deine Zeit irgendeinem Ehrenamt zu widmen, deine Verfügbarkeit zu nutzen, um Waisenkinder oder Urwälder zu schützen. Radikal egoistisch, radikal kategorisch. Heutzutage ist das gar nicht so üblich, zumal bei deiner Charakterschwäche zu befürchen stand, daß sie dich zu irgendwelchen philanthropischen Exzessen verleiten könnte.

Eines Tages hat deine Mutter die Zeitung aufgeschlagen und hat gesagt: »Léopold Fench ist gestorben.«

Das ist der schlimmste Satz gewesen, den ich je in meinem Leben gehört habe.

Léo Fench war der angeheiratete Vetter Lionels. Er war eine der Speerspitzen im Heldenepos der industriellen Konfektionsbekleidung gewesen. Ich weiß nicht, ob du ihn gekannt hast. Léo hatte Ende der fünfziger Jahre mit dem Aufkommen der laufmaschenfesten

Nylonfaser ein Vermögen gemacht. Noch zwei Wochen zuvor waren wir uns in der Rue de Solférino begegnet. Er kam gerade vom Zahnarzt. In keinster Weise vom Tod bedroht. Angenehm, immer derselbe. Eines schönen Tages geht ein Mann leichten Schritts durch die Rue de Solférino, und am nächsten Tag ist er nicht mehr. Léopold Fench war der fröhlichste Mensch, den ich kannte. Zu Anfang unserer Bekanntschaft, in den fünfziger Jahren, hielt ich diese Fröhlichkeit für eine Form von Unbeständigkeit, man braucht eine gewisse Zeit, um sich einzugestehen, daß die Fröhlichkeit ein Trauergesang ist. Er war mit dem Nylon reich geworden und hatte sich, er, der Sohn eines Lebensmittelhändlers aus Roanne, in der Rue Las-Cases eine Wohnung gekauft. Erdgeschoß mit Garten sowie eine Etage. Er hat Arbeiten in Auftrag gegeben, die ein Jahr gedauert haben, sogar noch länger. Er hat alles neu gemacht. Er hat ganz Paris abgeklappert, um Fliesen zu finden, er hat weiß Gott woher Türen kommen lassen, Kamineinfassungen, er hat zwei Innenarchitekten gefeuert, er hat selber einen Kronleuchter gezeichnet, den er in Italien hat anfertigen lassen. Nach eineinhalb Jahren ist er mit seiner Familie dort eingezogen. Eines Nachmittags, er war gerade angekommen, ruft er mich an. Komm vorbei, sagt er zu mir. Er öffnet mir höchstpersönlich. Wir gehen ins Wohnzimmer. Das Wohnzimmer führte zum Garten, man mußte einige Stufen hinabgehen. Es muß Januar gewesen sein, aber das Wetter war an diesem Tag besonders schön. Ich sage zu ihm: »Alter Freund, das ist ein voller Erfolg.« Er zeigt mir alle Einzelheiten, wir bleiben, wie ich mich erinnere, einige Minuten bei den Gardinenhaltern stehen, die von besonderer Fältelung sind, er zeigt mir die Raumgrößen, die Perspektiven, die echten Täfelungen, die falschen Kranzgesimse, er zeigt mir alles bis hin zu den Lichtschaltern. Ich sage: »Das ist wirklich ein voller Erfolg.« Ich sage: »Es gibt in ganz Paris keine zwei Wohnungen wie diese.« Er nickt. Wir setzen uns. Er setzt sich auf einen Puff, dessen Kanevasstickerei er mir zwei Minuten zuvor überschwenglich gepriesen hat. Wir betrachten den Garten durch die verglaste Tür. Das Licht strömt ins Zimmer, man hört ein paar Straßengeräusche, aber fast nichts, ein leichter Provinzton, ein Hintergrund sehr sanften Lebens. Léo betrachtet die Bewegung eines Blattes, er zeigt mir mit dem Finger die hervorragende Qualität von ich weiß nicht mehr welchem Strauch, und er sagt: »Und jetzt?«

Daran denke ich, als deine Mutter die Zeitung aufschlägt und sagt, Léopold Fench ist gestorben. Die Thunfischdosen aus Roanne, der Puff aus der Rue Las-Cases, die in der Sonne geöffnete Jacke in der Rue de Solférino.

Eines schönen Tages geht der am weitesten vom Tod entfernte Mensch durch eine Pariser Straße, sein ist der Himmel, sein der Fluß, sein die Häuser, die Gesichter, sein der alte Freund, dem er an der Kreuzung der Straßen Solférino-Université begegnet, sein, zum letzten Mal, aber das weiß er nicht, das Zimmer seines Lebens.

Deine Mutter hat mit einer kaum erstaunten Stimme gesagt: »Léopold Fench ist gestorben.« Ein ziemlich unbedeutender Tod, gibt sie durch die betonte Lässigkeit des Tons zu verstehen. Deine Mutter hat zu verstehen gegeben, um nicht zu sagen verfügt, daß die Welt sich auch ohne Léo ruhig weiterdrehen könne, daß die Léo Fenchs lebten und stürben, wie die Hunde leben und sterben, nette Gefährten, aber recht unbedeutend.

»Ich bin durch diese Nachricht am Boden zerstört«, habe ich gesagt.

»Du bist am Boden zerstört? Aber warum denn? Ihr wart doch gar nicht so eng befreundet.«

»Wir waren in einer Weise befreundet, die über dein Verständnis hinausgeht.«

»Alles geht in letzter Zeit über mein Verständnis hinaus.«

»Könnte man sagen.«

Sie fing an zu weinen. Sobald eine Frau weint, würde ich sie am liebsten kaltmachen. Ich kann Leute nicht ertragen, die ausfransen. Nimm ein Stück von dem Teekuchen, mein Junge. Nimm. Teekuchen mit Orangen, den Madame Dacimiento mir fürs Frühstück gekauft hat. Ich habe die Plastikverpackung umgedreht, Teekuchen mit Orangen, zwanzig Franc. Lesben aus Pont-l'Abbé, die das in einem zur Fabrik umgebauten Schweinestall serienmäßig herstellen. Das soll ich zum

Frühstück runterschlingen, ausgerechnet ich, der ich das Frühstück hasse. Ein Holzscheit, parfümiert mit einem Fruchtspray.

Léo Fench glaubte an das Leben. Und er hatte sich für die Frivolität entschieden, denn er glaubte an das Leben und nicht an den Menschen. Vom Menschen erwartete Léo nichts. Er war es, der eines Tages zu Lionel gesagt hat, als der ganz besonders deprimiert war und daran dachte, zum Arzt zu gehen: »Du solltest etwas einnehmen, um ein kleines bißchen fröhlicher zu sein. Nur ein *kleines bißchen* fröhlicher. Damit man nicht den Eindruck hat, daß du den ganzen Tag auf dem Friedhof von Bagneux umherirrst.«

Léo glaubte an nichts von dem, was er selber aufgebaut hatte. Er war ein Mensch, der sich sein Leben lang dynamisch und draufgängerisch gezeigt hatte und dennoch weder an das Unternehmen noch an den Erfolg noch an die tröstende Wirkung des Gelingens glaubte.

Léo hielt die Kühle des Grabs für real.

Léo hielt die gelben Flure des Krankenhauses Saint-Antoine für real, in dem seine Mutter in der Abteilung von Professor Ottorno gestorben war, real die Zeit – Monate –, in der er über die Schläuche, Sonden und das ganze Zeug seine Witze riß, real, leider, die pathetische Maschinerie des Lebens.

Ein Mensch ohne Illusionen über das Vergehen der Zeit und einer, der den Schneid besaß, echt fröhlich zu sein.

Léo und Lionel waren gleich alt. Sie schrien sich an, sobald sie am Telefon miteinander sprachen. Sie brüllten. Weißt du, wie das endete? Joelle zog die Schnur aus dem Stecker vor lauter Angst, Lionel könne einen Herzinfarkt bekommen. Jeder von ihnen war überzeugt, jünger auszusehen als der andere. Und jedesmal, wenn sie zusammen waren, sagte einer von den beiden: »Mal ehrlich, wer von uns sieht jünger aus?« und der andere, sofort: »Ja, mal ehrlich, ganz ehrlich, wer sieht jünger aus?«...

Ist dir aufgefallen, daß ich mir die Haare färbe? Ich färbe mir die Haare. Rezept und Friseur von René Fortuny. Ein Fehlschlag, oder? Ich färbe mir die Haare. Was weiß ich, warum.

Erinnerst du dich an das folgende Aufsatzthema? Ihr geht im Wald spazieren und das Pittoreske sticht euch ins Auge. Ein schlechter Schüler hatte geschrieben: *Ich ging auf dem Pfad still vor mich hin, als plötzlich, geschickt hinter einem Baum versteckt, das Pittoreske aufgetaucht ist und mir ins Auge gestochen hat.* Erinnerst du dich noch, wie wir gelacht haben? Am lustigsten war das *geschickt hinter einem Baum versteckt*. Und genau so, siehst du, erging es mir in letzter Zeit mit der *Niedergeschlagenheit*. Ich gehe brav vor mich hin, und plötzlich, geschickt in der Landschaft versteckt, taucht die Niedergeschlagenheit auf und sticht mir ins Auge. Mit einem Gewicht, einer Kraft, die du dir nicht vorstellen kannst. Und was tue ich, um dagegen anzukämpfen? Ich färbe mir die Haare. Wenn die existentielle Niedergeschlagenheit deinem Vater unvermutet ins Auge sticht, färbt er sich die Haare.

Léo hingegen hat sich nie die Haare gefärbt. Léopold Fench, Fürst des Augenblicks, stand über diesen Feschheiten. Léo Fench hat an einem einzigen Tag mehr Herzen gebrochen als René und ich zusammen in einem ganzen Leben. Als deine Mutter sagt, mit einer unglaublich unsensiblen Stimme, als deine Mutter sagt: »Léopold Fench ist gestorben«, denke ich an unsere letzte Begegnung in der Rue de l'Université. Ein Passant wie jeder andere trifft einen Passanten wie jeden anderen, nichts unterscheidet ihn von den übrigen Lebenden, nichts unterscheidet ihn von der vergangenen oder kommenden Menschheit. Und das, sage ich mir, wäre ohne jede Bedeutung, wenn Léo nicht, und das, mein Kleiner, schätze ich hundertmal höher als den glücklichen Menschen, ein fröhlicher Mensch gewesen wäre.

Wenn du in Nancys Badezimmer den Wandschrank aufmachst, hast du die vollkommenste Vorstellung von der menschlichen Pathetik.

Nancy tut so, als altere sie mutig. Einen Augenblick lang habe ich sogar befürchtet, daß sie, im Vertrauen auf ihre neue Spiritualität, Falten und Damenbart akzepiert und auf einmal, nur mit einem Spazierstock in der Hand, über Stock und Stein wandert. Dem ist aber nicht so. Mach ihren Wandschrank auf. Die Höhle des geheimen Kriegs, den Nancy der Zeit erklärt hat. Du stößt dort, meine letzte Entdeckung in diesem Wahnsinnskabuff, auf *Exfoliating Force* C *Radiance*. Eine Neuheit, die ich nie wahrgenommen hätte, wäre nicht die Größe der Dose und ihre knallorange Farbe gewesen. Du weißt, daß ich noch nie sehr gut englisch gekonnt habe. *Force* C *Radiance*. Diese Wörter erschrecken mich. *Exfoliating!* Arme Nancy, sage ich mir. Armes kleines Mädchen, das noch eine Stunde oder zwei gefallen will, bevor es zu Ende ist. Armes Geschöpf, das sich die Fresse abschleift, trunken davon, dem Leben seinen kleinen Rest an Würze zu entreißen. »Aber warum, Nancy«, sage ich zu ihr, »warum so viele Produkte? Braucht man so viele?« Nancy zuckt die Achseln und bringt das Gespräch sofort auf die Tatsache, daß ich es gewagt habe, in ihr streng privates Badezimmer einzudringen, ihren streng privaten Wandschrank aufzumachen, um mich, unter Mißachtung des elementarsten Respekts, für streng private Gegenstände zu interessieren. Während sie sich zum vierhundertzwölften Mal über die Grundsätze ihrer Intimität ausläßt, beobachte ich ihr Gesicht, durchtränkt mit diesem ganzen Schwachsinn aus dem verbotenen Wandschrank, ein freundlich eingefallenes Gesicht, ein Gesicht, das danach zittert, es recht zu machen, ein Gesicht auf dem ruhigen Weg zu seinem Ende.

Aus Erfahrung bin ich diplomatisch geworden, denn

auf diesem Gebiet sind sie alle mehr oder weniger übergeschnappt, das muß man wissen. Eines Tages beklagte sich deine Mutter über eine neu in Erscheinung getretene Hängebacke. Als sie sich mir diesbezüglich anvertraute, habe ich gesagt, ohne an etwas Böses zu denken, ganz im Gegenteil, habe ich gesagt: »Halb so schlimm.«

»Du hast es also ebenfalls bemerkt?!« rief sie entsetzt.

»Was bemerkt? Nein, ich habe nichts bemerkt.«

»Mach keinen Rückzieher! Man sieht es also, man sieht es!...« Und schon fängt sie an zu jammern und wendet sich gegen mich. Von da an habe ich das »Halb so schlimm« zugunsten von »Ist nicht wahr« verbannt. Ich leugne, was auch immer geschieht. Wenn eine Frau sich wegen eines Schönheitsfehlers Sorgen macht, dann leugne, leugne, leugne. Vor allem, wenn sie zu dir sagt: »Sag mir die Wahrheit.« Ich weiß zwar nicht, wie es bei dir mit den Frauen steht, mein kleiner Schatz, aber halte sie in der Mehrzahl. Laß dich so spät wie möglich mit einer ein.

Beim Friseur habe ich die gleiche *Behandlung* verlangt wie Monsieur Fortuny, nur etwas schwächer. Ich habe nicht gewagt, das Wort *Farbe* auszusprechen, denn es ist ein Damen- und Herrenfriseur. Fazit: man sieht überhaupt keinen Unterschied zu vorher, höchstens, als Zusatz zu den weißen Haaren, einen Kranz von aberwitziger Blondheit. Kurzum, wenn du gefärbt bist, siehst du aus wie gefärbt, und wenn du nicht aussiehst wie gefärbt, bist du überhaupt nicht gefärbt. Das ist die Wahrheit. Den Frauen ist es schnuppe, wenn sie zurechtgemacht aussehen. Die Frauen haben die Natürlichkeit schon seit Jahrhunderten aufgegeben. Wir aber sind nicht in der Lage, mit diesen Dingen umzugehen. Der Beweis, als ich beim Friseur auf das Haarewaschen warte, blättere ich in einer Illustrierten und gerate an Donald Trump in Gesellschaft seiner neuen Braut. Blondes Mädchen, fünfundzwanzig Jahre, gut. Aber er, ich ziehe meine Brille auf, um besser sehen zu können, auf die Siebzig zugehend, eine Frisur wie eine umgestülpte Muschel, die vom Hinterkopf in einem Winkel von hundertundzehn Grad ausgeht, um eine wahrscheinlich kahle Stelle zu überdecken, und auf der Stirn als Fransenrolle endet. Das Ganze in einer Skala von Rottönen. Da ist also ein Typ, der sein gutes Auskommen hat, sage ich mir, während ich auf die Haarwäsche warte, ein Typ, der sich Tag und Nacht fotografieren läßt und der in seiner Umgebung nicht einen einzigen Menschen gefunden hat, der zu ihm sagt: »Nein, Mister Trump, das ist unmöglich. Das ist *strikt* unmöglich.« Als das Mädchen mit seinen Substanzen ankommt, bestehe ich sogleich auf der schwächeren Form der Behandlung. René ist mit Leichtigkeit vom Pétrol Hahn zum Färben übergegangen. René hat sich sein Leben lang eingesalbt und eingerieben, und ich habe mein Leben lang René Fortunys Haar beneidet.

Seltsam, wie sich die Leute gewisse Ziele stecken. René, der seit seinem zwanzigsten Lebensjahr körperlich mehr oder weniger alles den Bach runtergehen ließ, hat sich unerklärlicherweise auf sein Haar konzentriert. René hat vielleicht, und ich sage das in vollem Ernst, in der Vollkommenheit seiner Haarpracht einen Lebensinhalt gefunden.

Die Welt ist nicht außerhalb von einem. Leider. Wäre die Welt außerhalb von einem, gäbe es nicht genügend Wege, mich müde zu laufen, und statt dich mit Vorwürfen zu überhäufen, würde ich dich beneiden. Ich würde deine Jugend hassen und die Zeit, die dir noch bleibt, und ich würde dir deine Augen neiden, die sehen werden, was ich nicht sehen werde. Aber die Welt ist nicht außerhalb von einem. Die Welt wohnt in einem. Alles, was du hier siehst, mein Kleiner, das ich gepflanzt habe, Rosensträucher, Springkraut, Buchsbaum und Birnbaum, lebt nur durch mein Denken, der Mensch kennt die Welt nur in sich und er kann nicht aus sich selber heraus. Deshalb fürchtet man im Grunde die Einsamkeit nicht mehr. Auch wenn man mit dem Alter wieder völlig einsam wird, es ist einem schnuppe. Nach und nach wird man wieder völlig einsam, und es ist einem wurscht.

Wenn ich morgens am Tisch vor dem Teekuchen der Dacimiento sitze, dazu verurteilt, mir anzuhören, wie Nancy ihre getoasteten Butterbrötchen knabbert, bereits vollgestopft mit France-Inter und Le Figaro, von diesem unverständlichen Appetit erfüllt, dazuzugehören, in aller Frühe schon zum Kampf entschlossen, empfinde ich körperlich, wie sehr wir einsam sind in unserer Existenz. Und wenn deine Schwester in dem Glauben, mir eine Freude zu machen, wie soll ich ihr diese Unkenntnis meiner Person nur verzeihen, zu mir sagt, er ist *glücklich*, ermesse ich, wie selten die Brücken von einer Einsamkeit zur andern sind.

Jeden Tag wird die Welt mich geschrumpft haben, und heute ist es die Welt, die in mir schrumpfen wird. Das ist so. Der Tod gewinnt nach und nach. Man gewöhnt sich daran. Man gewöhnt sich an den Tod. Man ist gar nicht so unzufrieden, den universalen Rhythmus aufrechtzuerhalten.

In der jüdischen Mystik, für die du dich nie interessiert hast, und das ist sicherlich meine Schuld, heißt es, daß man *Gott aufrütteln muß, damit er sich zu erkennen gibt*. Gott aufrütteln.

Du, mein Kleiner, rüttelst nicht viel auf, nicht wahr?

Gott aufrütteln.

Gott *existiert nicht*, doch man räumt ihm einen Platz ein, man tritt einen kleinen Schritt zurück, damit er auf die Welt kommt, und zwar alle Tage und mehrmals am Tag und das ganze Leben hindurch. Wirklichkeit gibt es nur in seinem Willen, denn die Welt, die Welt, mein Junge, ist das, was wir ungeduldig wollen.

Und was willst du? Was will mein Sohn?

Mein Sohn will weder bauen noch erschaffen noch

erfinden. Mein Sohn will vor allem die Ordnung der Dinge nicht ändern. Mein Sohn will eine ruhige Kugel schieben.

Zur Stunde des Alles-ist-möglich, zur Stunde, da ich mein Leben riskiert hätte, um meinen Rang als Lebender zu halten, will mein Sohn Ruhe und Bequemlichkeit, will mein Sohn in Frieden seine jämmerlichen Seelenwunden verarzten. Ich, dessen einzige Angst, unaufhörlich, die Monotonie der Tage gewesen ist, ich, der ich die Schwingtüren der Hölle aufgestoßen habe, um vor diesem Todfeind zu fliehen, ich habe einen Windsurfer in die Welt gesetzt.

Würdest du zu mir sagen, ich verfolge eine Frau bis ans Ende der Welt, würde ich mich beugen. Was mit der Begierde zu tun hat, ist zum Verzweifeln und grenzenlos. Das Bedürfnis, ein anderer zu sein, derjenige zu sein, dessen Traum vom unausweichlichen Schicksal in Erfüllung ginge, das verstehe ich. Und ohne mich als einen Lehrer der Verzettelung aufspielen zu wollen, verstehe ich, daß man sich hierfür buchstäblich ruinieren kann. Hast du in deinem Leben, mein Kleiner, je eine einzige Marisa Botton gehabt? Wenn das der Fall wäre, vermöchtest du nicht glücklich zu sein, und man würde nicht in diesen erniedrigenden Worten von dir reden, denn wenn man sich von Marisa oder irgendeiner anderen mit der Zeit auch wieder erholt, so kommt man doch nicht als der zurück, der man gewesen ist, man ist untröstlich, mein Kind, über den, den man in sich selber verliert, untröstlich.

Die Marisa Botton aus Rouen ist in dieser Hinsicht meine wahre existentielle Erfahrung gewesen.

Zuerst war sie nichts. Absolut nichts. Und sie wäre auch weiterhin nichts gewesen, wenn ich mir nicht eines Tages, aus Langeweile, in den Kopf gesetzt hätte, sie zu erfinden.

Sie hieß Christine und ließ sich Marisa nennen. In diesem ›Marisa‹ hattest du die ganze Frau. Sie war verheiratet und hatte ein Kind. Verheiratet mit einem Einkäufer der Firma Aunay, mit dem ich geschäftlich zu tun hatte. So habe ich sie kennengelernt. Zu Anfang wirklich unbedeutend. Die Art von Frauen, deren Kleid schon aufs Äußerste gespannt ist, und die noch am Stoff ziehen, um den Sitz des Rocks oder des Ärmels zu verbessern. Ich begegnete ihr ab und zu auf den Fluren der Firma Aunay. Eines Tages sagt sie zu mir: »Es ist doch wirklich kränkend«, ich sage: »Es ist kränkend? Sprechen Sie etwa mit mir?«

»Ja. Sie sagen nie guten Tag zu mir. Sie könnten wenigstens guten Tag zu mir sagen.«

»Kennen wir uns?«

»Mein Mann ist Roland Botton. Wir haben diesen Winter zusammen zu Abend gegessen.«

Ich habe ein Jahr lang guten Tag zu ihr gesagt. Weil ich sie nicht wiedererkannt hatte, habe ich mir Mühe gegeben, sie wiederzuerkennen. Sieh, woran die Dinge hängen. Ein Jahr lang guten Tag. Mehr nicht. Übersetz das mit etwa zwanzig guten Tag, wenn du berücksichtigst, daß ich ein- oder zweimal im Monat nach Rouen fuhr, denn auf Grund eines Phänomens, das ich allein dem Zufall zuschrieb, begegnete ich ihr jedesmal. Etwa zwanzig guten Tag, die sich allmählich vom guten Tag Madame bis zum liebe Madame Botton entwickelt haben, um am Ende, nach einigen Varianten, zum Marisa, guten Tag zu werden! Nie ein Wort mehr, nie ein wie geht es Ihnen, nichts. An dem Tag, an dem ich zu ihr sage: »Marisa, guten Tag!« bleibt sie stehen: »Was für eine Vertraulichkeit auf einmal.« Warum hatte ich ihr zugerufen: »Marisa, guten Tag«? Du kennst mich, schönes Wetter, unvermutete Erinnerung an ihren Vornamen, wahrscheinlich fünf Minuten zuvor gehört, kurzum, eine Laune des Augenblicks, und schon wird eine Frau, eine Sekunde zuvor noch völlig inexistent, mit einem Schlag zu einem Körper, allein durch ihren Entschluß, den Zufall der Worte ernst zu nehmen. »Ist das ein Vorwurf?«

»Im Gegenteil.«

Sie schaut mir in die Augen. Eine erstaunliche Unverfrorenheit. Lächelt und geht weg, ich weiß nicht wohin. Von diesem Tag an denke ich an Marisa Botton. Nur so. Aber trotzdem. Ein Nichts, siehst du, genügt, damit sich der Mensch sein Euphoriebett zurechtmacht. Laß alles liegen, auch die Krumen, Dacimiento wird es zusammenkehren. Man macht unweigerlich Krümel, wenn man diesen Teekuchen ißt. Du magst diesen Teekuchen, das ist gut. Ich verderbe dir wenigstens nicht den Appetit, um so besser. Ich werde Nancy und deiner Mutter sagen, daß ich dir nicht den Appetit verderbe. Hast du gesehen, wie aufgebläht ich bin? Ich werde an einem Darmkrebs krepieren, es ist allen schnuppe. Ich habe wahrscheinlich auch die Creutzfeldt-Jakob-Krankheit, seit heute morgen zittert meine Hand. Hast du gesehen, was sie mir zu essen gibt? Gestern abend hat sie uns weiße Bohnen und Ochsenzunge gemacht. Ohne Kommentar. Ich habe, trotz Nancys unglaublich lästigen Blicken, zu ihr gesagt, daß ich es verwunderlich fände, daß sie mitten im Jahr eine ganze Woche bezahlten Urlaub nimmt und uns kaum einen Monat vorher davon in Kenntnis setzt. Und schon beginnt sie Forderungen zu stellen, sie ist seit sieben Jahren bei uns, sieben Jahre Sklavenarbeit, versteht sich, seit sieben Jahren, sie hat nie das ich weiß nicht wievielte Monatsgehalt verlangt, sie ist nicht eingestellt worden, um einkaufen zu gehen, aber seitdem sie einkaufen gehen muß, ist ihr Kreuz kaputt, sie zählt die Anzahl der Stunden nicht, an denen wir zu spät zu Abend gegessen haben und an denen der Heizkesseltechniker draußen im Auto gewartet hat und an denen sie selber zu unmöglichen Zeiten zu Abend essen mußten, denn schließlich sind sie ja auch Menschen usw. Weil sie nichts anderes zu tun haben als ab und zu nach Auchan zu fahren und als Paprikaschoten mampfend vor der Glotze zu sitzen, reden sie plötzlich von Gewerkschaft, verstehst du. Am liebsten würde ich zu ihr sagen, daß sie eben keine Menschen sind und daß sie sich nicht einmal herausnehmen dürften, auch nur auf die unterste Stufe der ohnehin schon niedrigen Stufenleiter der Menschheit Anspruch zu erheben, und wenn ich mich zurückhalte, so geschieht das nur, um Nancys Aggressivität zu entgehen, die mich seit einiger Zeit, es ist gut, daß du es erfährst, schlägt. Bis jetzt hat sie mich immer nur unter vier Augen geschlagen, und ich muß sagen, daß ich in diesen Momenten eine wiedererwachte Zärtlichkeit für sie empfinde, als brächte mich diese Unbesonnenheit des Augenblicks zu ihrer früheren Zerbrechlichkeit zurück, als machte sie dieses unkontrollierte und unaufhaltbare Sichgehenlassen von neuem begehrenswert, aber ich fürchte, daß sie eines Tages den Verstand verliert und anfängt, mich vor den Augen der Dacimiento zu schlagen, ich fürchte es um so mehr, als sie in letzter Zeit mit der Dacimiento eine abwegige Komplizenschaft entwickelt hat und nicht weit davon entfernt ist, sie zu einer engen Busenfreundin ihres Alltags zu machen. (Nancy hat sie übrigens zu ihrem eigenen Friseur geschickt, ich habe mich nichts zu sagen getraut, doch als sie vom Friseur zurückkam, sah sie für mich aus wie Richard Widmark, der in den Koreakrieg zieht.) Mich vor Rosa Dacimiento windelweich zu schlagen, eine Szene, die ich nicht ausschließen kann, hätte, nebenbei bemerkt, den Vorteil, mich mir selber zurückzugeben und sie auf der Stelle rausschmeißen zu können. Leiden sie genauso wie wir? Dacimiento und ihr Heiztechniker? Um zu leiden, muß man Vorstellungskraft besitzen. Was kann ein Mensch schon leiden, der die Welt nur auf seiner Höhe sieht, ein Mensch, der weder nach oben noch nach unten zu blikken vermag, für den die oberen Regale von Bücherschränken, Kranzgesimse, Kleiderstangen, Schrankoberkanten zum himmlischen Bereich gehören? Genauso wie *wir,* habe ich gesagt. Du hast es zur Kenntnis genommen. Ich weigere mich, in dir einen Exilanten des Schmerzes zu sehen. Obgleich die Kinder nicht so warm halten, wie man glaubt, sind es doch deine Kinder, und ich weigere mich, dich völlig zu verlieren.

Deine Schwester will mich bilden. Seltsam, wie heutzutage die Frauen Aufgaben für sich erfinden. Sie behauptet, daß ich mich nur für die Musik interessiere. Stimmt genau. Übrigens, um ehrlich zu sein, ich sehe überhaupt nicht ein, wozu der Rest dient. Wenn du von der Musik beherrscht wirst, wenn die Musik dein Leben erfüllt, wozu, sag mir das bitte, dienen dann die Wörter, selbst die angenehmen, wozu dienen die Geschichten, was für einen Sinn hat diese Reproduktion des Lebens auf dem Papier, auf die alle Welt so scharf ist und der man die Mühe anmerkt, die Fingerfertigkeit, und die dir so wenig das Gefühl der Unabwendbarkeit gibt. Deine Schwester hat zu mir gesagt, daß ich nicht so *plump* wäre, wenn ich lesen würde. Wortwörtlich. Das hat mich nicht gekränkt. Es stört mich nicht, daß ich plump bin. Was denn lesen, mein Liebling? Ein wenig die Literatur kennenlernen, du kennst doch nichts, jetzt hast du die Zeit dazu. Anstatt genau das Gegenteil zu sagen, was die einzig richtige Art und Weise gewesen wäre, mit mir zu reden, die einzig mögliche Art und Weise, mich für das Thema zu interessieren, aber ihre Unkenntnis meiner Person ist ungeheuer, du hast jetzt Zeit, sagt sie, anstatt zu sagen, jetzt, Papa, jetzt, wo du keine Zeit mehr hast.

Die meisten Leute, die ich treffe, zu denen auch meine Tochter gehört, haben von der Zeit nur eine unendlich triviale Vorstellung.

Auch Nancy bildet sich plötzlich ein, etwas von Literatur zu verstehen. Genauer, denn ich muß gestehen, sie ist eine Frau, die ich immer mehr oder weniger mit einem Buch in der Hand gesehen habe, Nancy hat plötzlich Gefallen an einem Schriftsteller gefunden: André Petit-Pautre (du kannst ohne weiteres erraten, welchen Versuchungen dieser Name mich ausgesetzt hat). Du kennst ihn nicht. Niemand kennt ihn. Außer mir, denn sie lädt ihn ab und zu mit seiner Frau zum Abendessen ein. Petit-Pautre ist ihr Mentor. Und unser Gast, von nun an. In einer Welt, in der alle Welt schreibt, habe ich gesagt, ist es nicht abwegig, daß auch André Petit-Pautre schreibt. Lionel hat mir neulich dieses großartige Wort Enescos über Bach zitiert. *Die Seele meiner Seele.* Zu Lionel, der die Bücher und die Musik immer geliebt hat, sage ich: »Kannst du mir einen einzigen Text zitieren, der die Seele deiner Seele gewesen ist?«

»Nein. Die Wörter steigen nicht bis dort hinauf. Und die Seele liest nicht.«

Ich habe mir wieder Chopin vorgenommen. Ich könnte fast sagen, ich habe ihn mir zum erstenmal vorgenommen, so groß ist jahrelang meine Abneigung gewesen. Abgesehen von einigen Augenblicken romantischer Geistesabwesenheit in meiner frühen Jugend habe ich Chopin immer verabscheut. Und ich habe ihn mir dank Samson François wieder vorgenommen, einem Burschen, den ich bisher ebenfalls nie hören konnte, wegen seines Namens. Samson, einverstanden, aber François! Samson Apfelbaum, sofort, aber nicht Samson François. Während ich im Stau stecke, stelle ich Radio Classique an: *Nocturne*. Ich lasse es an. Es ist schön. Jetzt steigst du auf deine alten Tage wieder zu Chopin hinab, bravo, sage ich mir. Wer spielt? Samson François. Eine Kapitulation mehr. Was willst du, es kommt mir schon gar nicht mehr so genau drauf an.

Deine Schwester, die mich bilden will, hat mich gefragt, ob ich im Picasso-Museum gewesen bin. Ich habe ihr zur Antwort gegeben, daß ich nicht nur noch nie im Picasso-Museum gewesen bin, sondern daß ich auch nie ins Picasso-Museum gehen würde. Es gibt zuviel Begeisterung für ihn, sage ich zu ihr. Ich hasse die Begeisterung der Massen für die *Schönheit*. Ganz allgemein erschüttern sie mich zutiefst, alle diese Leute, die sich in den Ausstellungen herumtreiben und dort stundenlang von einem Bein aufs andere treten. Deine Schwester, die noch nie Humor oder Abstand besessen hat und die durch ihren Mann auch nicht gewonnen hat, dem ich aber alles verzeihe, weil er Apotheker ist und ich mit ihm wenigstens über Medikamente reden kann, zuckt die Achseln und fragt mich mit einer geheimen Verzweiflung, womit ich meine Zeit verbringe. Ich denke, sage ich zu ihr, über den Aberwitz unserer Bemühungen nach. Menschen großzuziehen, um sich dann in seiner letzten Zielgeraden anhören zu müssen, daß man dir die Literatur und das Picasso-Museum empfiehlt. Damit verbringe ich meine Zeit, antworte ich emphatisch, mit dieser Art Meditation. »Du interessierst dich für Politik«, sagt Nancy. »Er interessiert sich immer sehr für Politik«, sagt die arme Nancy freundlich, die meine *Plumpheit* persönlich geärgert hat und die mir nicht etwa zu Hilfe kommen, sondern sich als Ehefrau rehabilitieren will. »Du irrst dich, mein Liebling«, muß ich sie korrigieren, »ich interessiere mich für die Ereignisse des Planeten so, wie Lionel von seinem Fenster aus Autos und Passanten beobachtet. Gleichgültig für so ziemlich alles, ausgenommen die Bewegung.« Was bei ihnen unveränderlich ist, ich werfe sie beide in einen Topf, ist die Tatsache, daß sie mir nie glauben. Sie halten alles, was ich sage, für jämmerliche, unpassende Possen. Das führt mich natürlich zu den schlimmsten Extremen. Ich glaube, daß ich am Ende des Tages behauptet habe, es war von Jérôme die Rede – ach ja, Jérôme, wieder so ein Beispiel, der Junge kann noch so sehr mein Enkel sein, er ist eigentlich erst zweieinhalb Jahre alt, und es kommt vor, daß ich ihn Jerémy nenne oder Thomas, was natürlich nichts zu bedeuten hat, aber ich kann mir Jérôme einfach nicht merken, deine Schwester hält das für eine unerträgliche Provokation, sie kann sich keine Sekunde lang vorstellen, daß ich den Vornamen dieses Kindes vergessen haben könnte –, es war also von Jérôme die Rede, und ich habe gesagt, was ich denke, und damit an eine längere Unterhaltung angeknüpft, daß ich es lieber sähe, daß er ein Tyrann wird als eine Gewerkschaftsschwuchtel. Es folgt ein Gegluckse des Abscheus, und um das Wiederauftauchen Dacimientos als Diskussionsthema abzuschließen, behaupte ich, daß der Feudalismus das einzige brauchbare System sei, weil er das Verdienst hatte, entweder Zwerge hervorzubringen, die das Maul hielten – und uns nicht mit dem Picasso-Museum und anderen kulturellen Schlappheiten auf den Wecker gingen –, oder Ritter und Revolutionäre, abenteuerliche Kerle, die mit Klinge und Lanze umzugehen wußten. Heute hat man Transparente und Luftballons und Weiber wie euch, die singen. Mir persönlich, habe ich noch gesagt, sind blutrünstige und spießeschwingende Tobsüchtige lieber. Das machte wenigstens Eindruck. »Besteht altern etwa darin, eine Parodie von sich selbst zu entwickeln?« ruft deine Schwester dazwischen, um die Pfiffige zu spielen und mit einer

Sottise zu zeigen, daß sie mir ebenbürtig ist. Vor einigen Jahren hätte ich sie wegen weniger geohrfeigt. Was weißt du armes Kind vom Altern, wie kannst du es überhaupt wagen, das Wort in den Mund zu nehmen, du, die du gerade, und mit was für einer Selbstgefälligkeit, die Menschheit um einen zusätzlichen Jérôme vermehrt hast. »Altern«, sage ich beherrscht zu ihr, »heißt, Schluß machen mit dem Mitgefühl.«

Ich habe den Sonntag in Einsamkeit und Verzweiflung beschlossen. Ich bin immer davon ausgegangen, daß die Verzweiflung eng verbunden sei mit der Perspektive der Existenz. Heute entdecke ich eine Verzweiflung, die sich von der Zeit befreit hat.

Erkläre mir das Wort *glücklich*. Ich will gern glauben, daß es einen Ort des Seins gibt, der dafür vorgesehen ist.

Ich habe ihn flüchtig gesehen.

Der Tod ist in uns. Er gewinnt schrittweise. Nach und nach schmilzt alles dahin und gleicht sich. Mein Kind, von einem bestimmten Alter an ist alles Jacke wie Hose und nichts mehr dient als Ziel. Und hätte Gott, wofür ich ihm danke, mich nicht mit diesem Grauen vor der Langeweile erschaffen, könnte ich genauso enden wie jene verblödeten Alten, die man auf den öffentlichen Bänken sitzen und dabei über den Sieg der Zeit nachdenken sieht.

In der Gartenbauausstellung in Longchamp höre ich, wie jemand meinen Namen ausspricht. Eine unbekannte Frau lächelt mir zu. Geneviève, sagt sie. Geneviève Abramovitz. Sie sieht in ihrem Sommerkleid, dem kurzen Haar und den immer noch hübschen Augen hinter der Brille wie eine kleine Schildkröte aus. Geneviève Abramovitz, die die leidenschaftliche Liebe Léo Fenchs war. »Ich hätte nicht erwartet, Sie hier zu treffen«, sagt sie, »nach so vielen Jahren.«

Wir sehen uns einen Augenblick an, ohne die passenden Worte zu finden. »Ich wußte nicht, daß Sie sich fürs Gärtnern interessieren.«

»Ich bin schon immer empfänglich für Blumen gewesen. Ich bewohne jetzt ein Haus.«

Ich schaue diese kleine Dame mit dem weißen Helm, die einen Einkaufswagen mit Gardenien hinter sich herzieht, aufmerksam an, und ich denke an Léo unter der Erde, auf dem Friedhof Montparnasse. »Und Sie?« sage ich.

»Ich habe eine Andeutung von einem Balkon, den ich herausputze. Das beschäftigt mich.«

Sie sagt, das beschäftigt mich, und lächelt dazu, als wolle sie sich entschuldigen. Sogleich denke ich, du beschäftigst dich auch, was tust du sonst, als *dich zu beschäftigen*, ihr beschäftigt euch, sie und du, von nun an Bürger einer Welt, in der das Verlangen aufgehört hat zu sein. Einer Welt, in der die Blumenerde und die Gardenien das Werden ersetzt haben. Die Blumenerde, die Gardenien, die gesicherten Wechselkurse, die kleinen Geschäfte hier und da, das Börsengeschehen und die Krankheiten ersetzen das Leben. Eine Welt ohne Gelobtes Land, ohne Brandwunden, ohne Siege und ohne Niederlagen, eine Welt, in der die Ungeduld ein für allemal sinnlos geworden ist.

O mein Gott, laß mich einen Tag, eine Stunde wieder in der Zeit der Obsessionen leben!

Mach aus mir wieder einen Spinner, einen Fanatiker, einen Verbrecher, wenn du willst. Gib mir wieder den Horror vor der Ruhe, vor der Friedfertigkeit in allen ihren Formen. In der tödlichen Sonne von Longchamp steht ein Mann, der mir Abscheu einflößt, ein in Auflösung begriffener Mensch, ein Schatten, ein Mensch im Vorort des Menschen.

»Jedes Jahr«, fährt sie fort, »lege ich meinen Stein auf Léopolds Grab und auch einen kleinen Veilchenstrauß. Seine Frau hat mir nach seinem Tod einen Brief geschrieben. Sie wußte Bescheid.«

Ich nicke. Was kann man darauf antworten? Mag der Körper es noch so toll treiben, die Seele kann sich erzählen, was sie will. Man küßt nur die Masken der Hingabe. Das Ende von Léo Fench und Geneviève Abramovitz, die man fieberhaft und schlaflos gesehen hat: drei schnell vertrocknete Blumenstiele und ein Kieselstein auf einer Grabplatte.

Sie wußte Bescheid, sagt sie. Ich nicke mit dem angemessenen Ernst. Drei Worte, die die Illusion wiedererwecken sollen, drei Worte, um der Angelegenheit noch so etwas wie den Anschein von Gewicht zu geben. Was wußte sie, die Ärmste? Was weiß man, dachte ich zwischen den Blumen in diesem so unendlich unpassenden Dekor, weil doch im Laufe der Zeit alles so auslöschbar wird.

Geneviève Abramovitz erzählt mir, wie es Arthur geht, den sie, ihn und seine Frau, regelmäßig besucht. »Und Sie«, fragt sie, »Sehen Sie ihn immer noch?«

»Seltener als früher«, sage ich.

»Er hat sich gerade eine Wohnung in Israel gekauft.«

»Arthur? Wo?«

»In Jerusalem.«

»Aber wozu denn das?!« habe ich gebrüllt.

»Um einen Teil des Jahres dort zu wohnen«, antwortet sie erstaunt.

»Das widert mich an.«

Sogleich denke ich an Michel, deinen Schwager, der über den jüdischen Wanderverein der Ile-de-France ein System gefunden hat, sich als ein wenig jüdisch auszugeben. Zwischen dem Genozid und seiner sonntäglichen Verausgabung hat er Wurzeln und praktische Übung miteinander verbinden können. Michel Cukiermann, mein Schwiegersohn: Erbe des Leidens, Pfeiler der Gemeinde. Moderner Ersatz des Nachkommen Abrahams, Schüler Moses'. Er hat die Gelegenheit genutzt, um ein Pro-Palästinenser zu werden, und führt nur noch das Wort Frieden im Mund. Ein Junge, mit dem du dich gut verstehen müßtest. Hör zu, habe ich zu ihm gesagt, regeln wir das Problem ein für allemal. Du willst den Frieden in Israel. Gut. Man fragt sich zwar, warum. Du willst den Frieden dort, damit die Atmosphäre zwischen Montreuil und Roissy nicht zerstört wird. Um Irland, wo es schon seit Jahrzehnten dauert, hast du dich nie gekümmert, Jugoslawien hat dich gelangweilt, der Kosovo ist dir wurscht, Ruanda und Kambodscha, null, aber du willst den Frieden in Israel, so wie Arthur in Jerusalem gerade in Immobilien investiert hat. Ein humanistischer Wimpel und ein kleines Stück Land für progressive Geister, in den neuen Vierteln. Das ist euere Art, den Tempel Salomons wiederherzustellen.

Geneviève Abramovitz war eine äußerst geistreiche Frau. Eine Frau, mit der du lachen konntest, was bei einer Frau selten ist. »Das widert mich an«, sagte ich zu ihr, »alle diese Juden, ohne Pflichten, ohne Notwendigkeiten, die sich ihre Erlösung erkaufen«, sage ich noch, plötzlich angeregt.

Sie lacht: »Sie haben sich nicht geändert.«

»Sie auch nicht. Ich habe immer Ihr Lachen gemocht, und Sie haben es behalten. Um Ihnen die Wahrheit zu sagen, ich bin mit Arthur verkracht. Arthur hat mich neulich aufgefordert, die Unterscheidung zu machen zwischen der Wirklichkeit und meiner Einbildung. Arthur meint, daß die Welt von einem objektiven Standpunkt aus betrachtet werden kann, und daß er der Herr der Lage ist. Mein Unbehagen käme ihm zufolge nur von meiner unheilbar parteiischen Sicht der Dinge. Er hat recht. Und es ist sicherlich ein sehr objektiver Entschluß, infolge seiner nicht willkürlichen Furcht vor der Wirklichkeit, daß unser Freund Arthur Sadi, von dem man nicht sagen kann, daß er die Luft der Synagogen übertrieben oft eingeatmet hat, sich gerade im Heiligen Land den Paß für sein Judentum gekauft hat.«

»Aber sein Sohn hat gerade eine Israelin geheiratet!«

»Na und? Wenn mein Sohn eine Tahitianerin heiratet, was in Anbetracht der Umstände nicht unmöglich ist, werde ich mich da auf Tahiti vergraben?«

»Sie wissen genau, daß das nichts miteinander zu tun hat.«

»Es ist schlimmer. Er macht sich eine Heirat zunutze, die an sich schon überraschend ist, verzeihen Sie mir, Geneviève, um einen falschen Nationalismus zu befriedigen, der noch unerträglicher ist als sein ernsthaftes Gegenstück. Arthur wird einen Enkel haben, der Arieh oder Boaz heißen wird, was, das gebe ich gern zu, auf jeden Fall besser ist als Jérôme, und er wird sich mit allen verkrachen, die nicht die Reise machen werden, um an der Beschneidungsfeier teilzunehmen. Das alles kotzt mich an. Tahiti führt nicht soweit. Tahiti ist kein *Akt*. Sie müssen mir unbedingt von dieser Heirat erzählen, Geneviève. Denn ich habe den Jungen auf die Welt kommen sehen, ich habe seine Entwicklung mit Interesse verfolgt und es übrigens stets bedauert, daß mein eigener Sohn es abgelehnt hat, mit ihm Umgang zu pflegen« – du warst, mein Liebling, so was von ungesellig –, »ein Junge, alles in allem, der seinem Vater sehr überlegen war, von dem ich, sehen Sie, nie angenommen hätte, daß er eines Tages seine Jüdin und noch weniger seine Israelin nötig haben würde.«

»Wozu, mein Freund«, antwortet sie inmitten der Rabatte des Blumenparks von Longchamp, »wozu gebrauchen Sie mir gegenüber eigentlich solche Formulierungen? Ich bin jetzt eine alte Dame, ich bin für den Zauber von Widerspruchsgeistern nicht mehr empfänglich. Sie glauben, Sie seien provozierend, doch Sie sind nur vorhersehbar.« (Deine Schwester hatte »plump« gesagt, erinnere dich.) »Ich meine nicht, im Gegensatz zu Arthur, daß man Ihnen Ihre parteiische Sicht der Welt vorwerfen muß, doch warum fühlen Sie sich verpflichtet, sie ständig herunterzubeten? Ihr Standpunkt hinsichtlich dieser Geschichte ist der eines Menschen, der nicht mehr liebt. Es ist ein Standpunkt, dem die Zuneigung ausgetrieben wurde, ein eher schwacher Standpunkt, wenn Sie meine Meinung wissen wollen, der keine Publizität verdient. Die Menschen, die wir aufgehört haben zu lieben, genießen in unseren Augen kein Ansehen mehr, und alle ihre Gebärden kommen uns falsch vor. Wenn wir lieben«, fuhr sie nach einigem Zögern fort, »kultivieren wir natürlich blind die Reize der Verzauberung … Zur Zeit Ihrer Zärtlichkeit für Arthur hätten Sie die Wohnung in Jerusalem hingenommen und Sie hätten sich über diese Heirat gefreut, denn, verzeihen Sie bitte«, fügte sie noch hinzu, um mir den Rest zu geben, »machen Sie sich nicht weniger Jude, als Sie sind, in Ihrer Haltung liegt etwas Affektiertes.«

»Meine kleine Geneviève, gestern abend habe ich mir, um die Zeit totzuschlagen, im Fernsehen eine Unterhaltungssendung angesehen, die irgendeinem Wohltätigkeitszweck diente. In einem bestimmten Augenblick hat ein Sänger in aller Eindringlichkeit gesagt: ›Solange es die Liebe unter den Menschen gibt, wird die Welt gerettet werden.‹ Ich höre das, Geneviève, die Worte Liebe, die Worte Hoffnung, ins Leere geschleudert, und ich habe nur einen einzigen Wunsch, den Planeten mit Krieg zu überziehen. Rein biologisch, meine kleine Geneviève, ertrage ich keine Tugendansprache – ich spreche nicht von Ihnen, was Sie sagen, ist bezaubernd und kommt von einer Person, die wirklich gut und klug ist (und es ist auch keine Ansprache, sondern eine Zurechtweisung) –, ich erzähle Ihnen diese Anekdote, um Ihnen zu zeigen, in welchem Maße ich leider unfähig zur Mäßigung bin. Zumindest sollte ich, ich weiß schon, meine Worte mäßigen. Schweigen oder abkühlen lassen, was in einem kocht, sollte jedem zivilisierten Menschen möglich sein, aber ich habe aufgehört, stellen Sie sich vor, als ein solcher erscheinen zu wollen, und habe damit auch aufgehört, meiner Gesundheit zu schaden, denn ständig auf Eleganz und Gleichgewicht zu achten erwies sich für meine Nerven als verhängnisvoll. Nicht weniger verhängnisvoll, um ehrlich zu sein, als das ungebremste Mitteilungsbedürfnis meiner Launen. Ich bin also zweifach erlöst, sehen Sie. Erlöst vom Paradies der Mäßigung ebenso wie von der Pflicht zur Harmonie mit dem eigenen Körper. Nein, Geneviève, ich hätte auch in einer anderen Zeit die Wohnung in Jerusalem nicht akzeptiert. In einer anderen Zeit hätte es keine Wohnung in Jerusalem gegeben, in einer anderen Zeit hätte Arthur nie der Clownerie nachgegeben, sich das Verhalten eines Exilanten anzueignen. In der Zeit, auf die Sie anspielen, litt Arthur unter der Hitze, haßte alte Steine und Frömmler und dachte nicht daran, seinen Teil zur jüdischen Geschichte beizutragen. In jener Zeit betrachtete Arthur die Welt noch nicht von einem objektiven Standpunkt aus, eine Endzeitschrulle, wer weiß woher, die nur eine andere Definition von Toleranz ist. Denn genau das ist das Wort, das entscheidende Wort, das im Mittelpunkt seiner Rede steht, *die Toleranz*. Wie viele von seinesgleichen hat Arthur im Laufe der Zeit sehr daran gefeilt, sich die Persönlichkeit eines modernen Menschen zuzulegen, mit dem ganzen Arsenal edler Haltungen, der leidenschaftlichen geistigen Offenheit und dem Pakt mit der Mittelmäßigkeit. Keiner ist zeitgenössischer als unser Freund Arthur. Abgesehen davon, Geneviève, haben Sie sicherlich recht, wenn Sie darauf bestehen, daß die gleiche Handlung bei dem einen nicht das gleiche Gewicht hat wie bei dem andern. Wenn Sie selbst sich eine Wohnung in Jerusalem kaufen würden, hätte das in meinen Augen keine Bedeutung, es wäre nicht mehr als eine Zweitwohnung in Cagne-sur-Mer, das mir übrigens, wer weiß warum, gerade einfällt, ich spreche diesen Namen heute zum ersten Mal aus. Bei Arthur ist der Vorgang leider nicht alltäglich. Arthur kauft sich in Jerusalem ein, um Mitglied eines Clubs zu werden. Das zwanzigste Jahrhundert hat den Juden ohne Zwänge, ohne Engagement und ohne Lebensprogramm erfunden. Er ist ein Mensch, der als unfreiwilliger Held der Existenz gelebt haben wird und der plötzlich, ohne großen Aufwand, auf seine alten Tage Bürger der Humanität sein will. Mitglied im Club des befreiten Juden. Was gibt es Auserleseneres? Zionismus und Toleranz. Residenz und Willensfreiheit. Was gibt es Untadligeres? Was mich angeht, so will ich keiner Gemeinschaft angehören, ich will weder den besonnenen Schritt noch den besonnenen Geist, meine liebe Freundin, Sie haben eine schlechte Gartenschere in Ihren Einkaufswagen gelegt, lassen Sie sich von mir beraten, und anschließend sprechen wir über Ihren Balkon.«

In dem Erfrischungsraum, in den wir uns setzen, spricht Geneviève nicht über ihren Balkon, sondern über Léo Fench. »Ich habe eines Tages von Léo folgende Zeilen erhalten, und ich sage Ihnen gleich, daß es sich um einen Satz von Louis Aragon handelt, den er ich weiß nicht wo aufgespießt hatte, denn, Sie wissen es ja, Léo las fast nicht (er sagte, er habe früher *das Wesentliche* gelesen); auf ein zusammengefaltetes Blatt Schreibmaschinenpapier hatte er geschrieben: *Lesen Sie diesen Brief nicht: Lesen Sie den anderen, den, den ich zerrissen habe. Denken Sie daran, daß ich ständig einen Brief zerreiße, eine Art Brief* ..., es folgte in Klammern der Name des Dichters und sonst nichts. Dieser Brief, mein Lieber, war Jahre hindurch mein Lebensinhalt. Und selbst in meinem Alter, selbst heute, wenn ich meine Enkel zum Judo begleite oder wenn ich meine Rosensträucher mit der schlechten Gartenschere schneide, kommt es immer noch vor, daß ich Worte entziffern will, die nie geschrieben, nie ausgesprochen und nie gehört worden sind. Léo wollte keine Liebesbelastung. Die Liebe kam in Léos Lebensbeschluß nirgends vor, wenn ich einmal so sagen darf. Ich habe sehr lange gebraucht, sehr lange, um zu glauben, er könne mir gegenüber ein echtes Gefühl haben. Wissen Sie, man mißtraut den Worten eines Verführers. Der Verführer hat nicht die Moral des Wortes. So wie man auch nicht dem Verlangen nachzugeben wagt, denn man fürchtet idiotischerweise, in sexueller Hinsicht nicht zufriedenstellend zu sein (entschuldigen Sie«, fügte sie noch hinzu, »diese übertrieben redselige und vertrauliche Stimmung, die mich plötzlich überkommt, aber es ist so selten, daß ich jemanden treffe, mit dem ich über Léopold und diese Dinge sprechen kann). Es gibt Frauen, die sich damit brüsten, es zu verstehen, einen Mann auf diese Weise zu halten. Mich hingegen hat das immer sehr verwundbar gemacht. In den Armen eines Mannes, der in dem Ruf steht, die

Frauen zu kennen, denkt man, enttäuschend oder banal zu sein. Ich habe mir nie vorstellen können, auf diese Art auch nur den geringsten Einfluß auf ihn zu haben. Selbst in unseren kühnsten Augenblicken glaubte ich nicht, einem Léo Fench gewachsen zu sein, und diese Unsicherheit hat die Dinge vielleicht spannender gemacht. Léopold ist mit siebenundfünfzig Jahren an einem Hirnschlag gestorben. Ein Mensch, der in keinster Weise die Absicht hatte, so schnell Schluß zu machen, und der dämlicher als jeder andere an sein eigenes Fortbestehen glaubte. Ich will Sie nicht streifen, ich will nicht nur dicht neben Ihnen hergehen in der Zeit und Sie streifen, sagte ich zu ihm. Aber Léopold umschlang einen, um sogleich im Mosaik seiner Existenz zu verschwinden. Die Geschäfte, die Verabredungen, die Verpflichtungen der Rue Las-Cases, das Kommen und Gehen der Kinder, die anderen Frauen, die er sicherlich hatte (Léo ging von dem Prinzip aus, ein Mann müsse sich aller erreichbarer Frauen bemächtigen, und erreichbar waren sie genaugenommen mehr oder weniger alle, Léo fand den schnellen Sex gut, den Sex ohne Gefühl und Zukunft), und an die ich nicht denken konnte, ohne daß mir schwach wurde, die Reisen, die Ferien, diese ständigen Abwesenheiten, die das Herz für immer verletzen. Léo glaubte, dafür bin ich ihm immer noch böse, an unsere *Unvergänglichkeit.*«

Kommt es vor, mein Kind, in deinem Leben der Glückseligkeit, daß du die irreparable Einsamkeit verspürst? Mitten im Blumenpark von Longchamp, in der tödlichen Frühlingssonne, spricht eine Frau, mit der du alle Gemeinsamkeiten hast, Worte aus, die so etwas wie einen Riß bezeichnen, und du weißt, daß es keine Hoffnung gibt, zusammenzukommen, daß die Seele allein lebt und daß man für den andern nichts tun kann.

Sie sagt: »Unterbrechen Sie mich. Erzählen Sie mir von Ihren Bäumen, erzählen Sie mir von sich, von Ihrem Leben, was machen Ihre Kinder?«

»Meine Tochter hat einen Apotheker geheiratet, und ich bin Großvater.«

Ein unpassender Satz, der herausrutscht, ohne daß man weiß warum, doch in dem Augenblick, in Gesellschaft dieser entwaffnenden Frau, gebe ich einer spontanen Gefühlsduselei nach und komme sogar auf den Vornamen Jérôme, ohne mein Gedächtnis anzustrengen.

»Und Ihr Sohn?«

»Mein Sohn liebt das Leben und die Welt«, sage ich.

»Was für ein Glück!« lacht sie. Was ich brauchte, war eine Geneviève Abramovitz. »Und Sie?«

»Ich, ich habe das beste meiner selbst zerstört. Ich bin tragischerweise menschlicher geworden, Geneviève.« Darauf lade ich sie noch für denselben Abend zum Abendessen ein.

Wir treffen uns um acht Uhr im Ballon des Ternes

wieder. Sie trägt ein zu ihren Augen passendes grünes Kostüm, sie ist diskret, hübsch, und ich habe mich ebenfalls in Schale geworfen. Der Tisch, den ich bestellt habe, ist noch nicht gedeckt, daher trinken wir etwas an der Bar. Ich bestelle einen Whisky, eine, wie du weißt, für mich, der ich nur Wein trinke, unübliche Bestellung, Geneviève bestellt einen Gin-Tonic. Wir sind beide, ich weiß nicht warum, eingeschüchtert. Ich mache ihr Komplimente über ihr Aussehen. Sie sagt mir, daß ich ein anziehender Mann geblieben sei. Ich sage zu ihr, warum, war ich das einmal? Sie gebietet mir, nicht den Gefallsüchtigen zu spielen. Offen gestanden, ich habe mich noch nie als einen von der Natur begünstigten Mann angesehen, und heute, wo ich in jeder Hinsicht nachlasse, tue ich es erst recht nicht, aber schließlich genügt schon ein Nichts und man kippt um. Sie taucht die Lippen in ihren Gin, ich schüttele mein eigenes Glas, um die Eisstücke zum Klingen zu bringen. Wir lächeln uns zu. Der Stoff, aus dem dieser Abend bestehen wird, ist noch unbekannt. Ein Kellner stellt einen Unterteller voll geschälter Pistazien auf die Theke. »Sehen Sie Lionel noch immer?« fragt sie. Geschälte Pistazien, wunderbar, sage ich mir. »Noch immer. Und Sie?« Ich nehme eine kleine Handvoll davon und führe sie zum Mund. Was mir Geneviève antwortet, wird mich nie erreichen, denn meine auf das Weiche der Mandel gefaßten Zähne sind gerade auf einen unerwarteten und unverzüglich schwindelerregenden Widerstand gestoßen. Ein gleichzeitiger Blick auf den Unterteller bestätigt die entsetzliche Wirklichkeit. Ich bin im Begriff, ausgespuckte Olivenkerne zu zerbeißen.

Das darf doch nicht wahr sein, sage ich mir, das darf doch nicht wahr sein, was du da tust! Mit verzerrtem Gesicht spucke ich das ganze wieder in das Schälchen zurück, ich nehme einen kräftigen Schluck – vorausschauende Bestellung – Whisky, mit dem ich laut gurgele, dann noch einen und noch einen, in einem unkontrollierten Zwang zur Desinfektion. Geneviève, die nichts mitbekommen hat, schaut mich verblüfft an. Zwischen zwei Mundduschen und Ekelgrimassen zeige ich auf das Schälchen mit den Kernen. »Mein armer Freund«, ruft sie aus und lacht ohne jede Zurückhaltung, »das ist ja furchtbar!« Während ich aus den Augenwinkeln die unheimlichen Gäste der Räumlichkeit beobachte, fettleibige Sauerkrautfresser und Biertrinker, provinzielle Wracks mit fettigen Lippen, kurzum, alle die Kerneausspucker, bezaubert und beruhigt mich einmal mehr ihr Lachen. Und dieses Lachen befreit mich und befreit unser Abendessen von seinem alltäglichen Elend, von seinem gewöhnlichen Platz in der Zeit.

»Ich hätte nie geglaubt«, sagt sie, als wir am Tisch sitzen, »ich hätte nie geglaubt, daß Sie ein Mensch sind, der sich in ein Haus zurückziehen kann. Und noch weniger ein Mensch, der einen Garten bestellt.«

»Nancy, meine zweite Frau, hat von ihrem Vater ein Haus an der Marne geerbt. Wir fahren von Zeit zu Zeit da hin. Es gibt Wälder in der Gegend. Ich liebe den Wald. Von meiner Seite hatten wir nie einen festen Ort, ich wußte nicht, was es heißt, sich gefühlmäßig, allein durch die Gewohnheit, an eine Landschaft zu binden, unter bekannten Bäumen zu gehen, an denselben Orten herumzulaufen, mit der einzigen Abwechslung nach rechts oder nach links oder den mehr oder weniger langen Rundgang. Ich liebte es, dorthin zurückzukehren. Eines Tages habe ich in einer Baumschule eine Trauerweide gekauft, dann Ligustersträucher, die ich in den Garten gepflanzt habe, egal wie. Ich wollte nichts lernen, ich wollte schöpferisch tätig sein. Ich machte kleine Löcher, wenn ich ein Loch hätte graben müssen, das zehnmal größer war als der Erdballen, ich wurde ganz wild auf Dünger, auf Bodenverbesserer, auf Torf, ich brachte drei Sack Mist statt einem auf, weil ich mir sagte, das sei besser, ich murkste vor mich hin, ich brannte alles nieder, aber das Leben hatte einen Gegenstand.«

»Und die Rue Ampère?«

»Ich bin immer noch dort. Ein paar Tage in der Woche.«

Ich sage zu ihr, ich bin immer noch dort, ein paar Tage in der Woche, und ich sehe zum zweiten Mal an diesem Tag den schwarzen Flügel der Verzweiflung über mich hereinbrechen. Ist es der Alkohol, der den Satz so schmerzlich macht? Ein paar Tage in der Woche, bis wann? Bin ich für immer von der Zukunft ausgeschlossen? Wie ist das passiert? Ich hasse die Tage. Wo sind die Tage, die wahren? Die Stagnation bringt mich um.

»Das ist mein Leben. Einige Tage in der Rue Ampère, einige Tage an der Marne, Rue Ampère, Marne, Börse, Gartenarbeit. Die Alten zogen auf Eroberungen aus, um die Schalheit zu besiegen. Die Eroberungen gegen die Langeweile, der rote Säbel gegen die unerträgliche Ruhe. Ich nehme den Zug nach Châlons und stürze ins Jardisol, um eine Mistgabel zu kaufen oder mein x-tes Spritzgerät. Geneviève, meine Freundin, Geneviève, kämpfen wir heute abend gegen die Fadheit der Existenz. Ich habe heute morgen beim Blättern in einer Zeitschrift einen Artikel gefunden, der dem Briefwechsel zwischen einem japanischen Schriftsteller, Nobelpreisträger, und Oz, dem israelischen Schriftsteller, gewidmet war (meine Tochter will mich bilden, Amos Oz ist gut plaziert auf ihrer Liste, sie glaubt, daß sie mich mit laizistisch-progressiver jüdischer Literatur ködern kann; ich habe zwei Seiten gelesen, bin darüber eingeschlafen). Der Titel des Artikels: ›Kampf für die Toleranz‹. Gut. Als Motto der Satz des Japaners: *Ich höre den Anflug von Hoffnung, der in Ihren Worten mitschwingt.* Hoffnung auf was, Geneviève? Was erhoffen sich die Leute? Die erwählten Geister unseres Jahrhunderts. Derart überzeugt, irgendwohin zu gelangen. Derart zufrieden, die Ärmsten, irgendeine Schlußvollendung vorauszusagen (allein schon der Gedanke ist grotesk). Was erhoffen sie sich? Welchen Fortschritt? Welchen Frieden? Einen Horizont ohne Abgründe, ohne Widersprüche. Ohne Menschen. Den Frieden der toten Seelen. Jeden Tag wird die Welt mich geschrumpft haben. Eine Welt von Wortjongleuren. Von Optimisten im Spitzenröckchen. Geneviève, ich bin vernarrt in Ihr Lachen. Geneviève, was könnten wir beide heute abend anzetteln? Ich bestelle noch eine Flasche. Trinken wir. Die Zeit vergeht und alles außer diesem Augenblick ist unwirklich. Zetteln wir irgendeine Verrücktheit an. Ich bin heute nacht Ihr Mann.«

»Ja«, sagte sie traurig, »alles außer diesem Augenblick ist unwirklich. Warum verstehen das die nicht, die wir lieben? Es gab einmal, ich erinnere mich, dieses Lied von Léo Ferré, *les belles années passent vite, profites-en mon pauvre amour*... Man kann nicht übersetzen, was man fühlt, denn jeder Ausdruck findet bereits in einer anderen Zeit statt, und alles, was Ihnen zu sagen einfällt, ist vergeblich und überholt und Lüge. Mein Freund, ich will gern heute abend so viel mit Ihnen trinken, wie Sie möchten, aber sehen Sie sich die Katastrophe an, Sie, die Sie mein Lachen lieben, meine Augen stehen voller Tränen.«

Mich kommt das Verlangen an, aufzustehen, sie in die Arme zu nehmen und ihre Augenlider zu küssen. Ich tue es nicht, ein kleinliches Schamgefühl hält mich davon ab.

Dann unternehme ich den Versuch, Alter, ihr dabei zu helfen, ihre gute Laune wiederzufinden. Und um unsere Melancholie abzuschütteln, stelle ich die ganze Batterie meiner Talente als Spaßvogel zur Schau. Du bist bei diesem Festival selbstverständlich ebenso vorgeladen wie deine Schwester und ihr Apotheker, aber dich spare ich mir für den Höhepunkt auf.

Ich fange mit Monsieur Tambourini an. Tambourini ist Lionels Verwalter. Ich erzähle Geneviève von der Katastrophe mit den Vorhängen, die sie sogleich ermessen kann, eine wunderbare Frau, und ich fahre mit dem Drama der Fensterläden fort, das du nicht kennst. Ich habe dir von der Katastrophe mit den Vorhängen erzählt. Zusätzlich zur Katastrophe mit den Vorhängen oder als Begleiterscheinung zur Katastrophe mit den Vorhängen, möchte ich sagen, hat Lionel auch noch das Drama mit den Fensterläden erlebt, als er es kategorisch ablehnte, die Läden abmontieren zu lassen, damit sie frisch gestrichen werden. Wenn man die Bedeutung des *Fensters* im Leben Lionels kennt, kann man ermessen, wie hart ihn jede Unbeständigkeit des Gegenstands ankommt. Lionel lehnt es ab, daß man ihm seine Fensterläden wegnimmt, und ruft Tambourini an. Er fängt sofort zu brüllen an, Monsieur TAMBOURINI, Monsieur TAMBOURINI, Sie wollen meinen Tod! Der Literaturkritiker in ihm mißbilligt die Heftigkeit dieser Einführung, du hast jedes Crescendo zerstört, sagt er sich, doch wie auch immer, er spricht im selben Ton weiter, wollen

Sie mich vierzehn Tage lang um meine Fensterläden bringen, meine Frau hat mich gerade um meine Vorhänge gebracht, um andere aufzuhängen, die noch nicht gefüttert, also noch gar nicht da sind, das heißt, ich bin zwischen Ihnen, Monsieur Tambourini, und meiner Frau dazu verurteilt, zu Hause nicht mehr die tröstliche Dunkelheit, die TRÖSTLICHE DUNKELHEIT herstellen zu können! Monsieur Tambourini, Monsieur Tambourini, ich habe ihm ganz schön Tambourini gegeben, sagt Lionel zu mir, sage ich zu Geneviève, um sie zum Lachen zu bringen, verstehst du, so einen Namen erfindet man nicht, Monsieur Tambourini, das kommt überhaupt nicht in Frage, und hören Sie auf, sich an dem Wort Eigentümerversammlung zu berauschen, die Eigentümerversammlung ist eine Versammlung von Arschlöchern, zu denen ich nicht gehöre, wenn die blöde genug sind, viertausendfünfhundert Franc pro Fenster für einen Anstrich zu bezahlen, um so besser für Sie, aber zählen Sie nicht auf mich, Monsieur Tambourini, zählen Sie nicht auf mich, um im Gänsemarsch durchs Haus zu marschieren! Ich brülle im Restaurant, und Geneviève hat ihr Lächeln wiedergefunden, die Sache läßt sich gut an. Ich komme jetzt auf meine Ferien in Norwegen, auf Serge Goulandri, unseren Chiropraktiker, dessen Positivismus allmählich angeschlagen zu sehen und in dessen Ansichten über das Leben endlich einige Aspekte der Verzweiflung sprießen zu sehen uns beide freut, Lionel und mich. Während einer Sitzung beklagt sich Goulandri, daß er seinen Humor verliert, wenn er deprimiert ist. »Das ist nur so, weil Sie noch nicht völlig am Boden sind«, erklärt Lionel. »Ach so«, nickt Goulandri scharfsinnig. Geneviève lacht. Ich fahre fort mit meinen Krankheiten, ein immer unterhaltsames Thema, ich klage über meinen Bauch, ich bin aufgebläht, Geneviève, ich widere mich an, ich klage über meinen Bauch, und mein Schwiegersohn sagt zu mir (die Apotheker halten sich für Ärzte), Sie essen zu schnell, deshalb haben Sie eine schlechte Verdauung. Im *Tao-te-king*, wirft meine Tochter nun ein, die in immer weiterer Ferne das sucht, was den Ernst ihrer Worte zu untermauern vermag, sagen die Taoisten, man müsse jeden Bissen sechzigmal kauen, bevor man ihn runterschluckt. Worauf ich antworte, diese Leute sind eben nie in Drancy gewesen.

Geneviève ist selig und wir brechen eine Flasche Nuit-Saint-Georges an. Nach einem kurzen Umweg über Dacimiento komme ich dann auf dich zu sprechen. Mein Sohn, Geneviève, fing ich an, mein Sohn ... und das *mein Sohn* ist mir besonders gut gelungen, im Ton noch fragend, welchen Weg soll ich nehmen? wo soll ich anfangen? aber, mein Kind, ich komme nirgendwohin, ich mache am Rande eines Themas halt, das ich immerhin mit einer eulenspiegelhaften Intonation angeschnitten habe, kaum habe ich mein Sohn gesagt, gibt ein Gefühl der Niederlage den Possenreißer in mir freiwillig auf, *mein Sohn*, sage ich, und ich sehe, am

Ende eines fernen Korridors, ein Kind in einem gelben Licht, in Zorroausrüstung, vor einem Aquarium sitzen. Spielst du nicht Zorro? sage ich. Papa, spiel den Unbesiegbaren, rufst du und läufst auf mich zu. Nein, ich habe keine Zeit. Oh, bitte! Ich mache einige Ausfälle in der Art des Unbesiegbaren. Du hast dein Schwert geschwungen und du versuchst mich zu treffen. Ich laufe um die Möbel unserer früheren Wohnung herum und ich denke, eines Tages werde ich nicht mehr den Unbesiegbaren spielen können, er wird mich ständig kriegen. Geneviève packt mich am Arm: »Jean-Louis Hauvette!« ruft sie mit erstickter Stimme.

»Verzeihung?«

»Hinter Ihnen, auf der rechten Seite, drehen Sie sich nicht um, sitzt Jean-Louis Hauvette.«

»Wer ist Jean-Louis Hauvette?«

»Der Mann, der Léo getötet hat.«

»Ist Leó ermordet worden?«

»Gewissermaßen.«

»Von diesem Mann?«

»Ja.«

Ich drehe mich flüchtig um und sehe einen Mann von hinten, der allein an einem Tisch in der Nähe des Fensters sitzt.

»Sehen Sie sein Gesicht in der Fensterscheibe?« sagt Geneviève kaum hörbar, »Samuel, seien Sie so nett, stehen Sie auf, gehen Sie an ihm vorbei und mustern Sie ihn diskret.«

»Dieser Mann hat Léo getötet?«

»Er ist für seinen Tod verantwortlich.«

»Ich gehe hin.«

Ich gehe hin. Ich tue so, als ginge ich zur Toilette und komme mit einem kleinen Schlenker via Fenster zurück.

»Ich habe ihn gesehen.«

»Alt?«

»Mein Alter.«

»Schön?«

»Ein José Villalonga nach achtzehn Stunden Busfahrt.«

»Das ist er. Die Augen?«

»Hell, wie mir schien.«

»Das ist er. Meinen Sie, man kann mich erkennen? Habe ich mich sehr verändert? Wir haben uns seit zwanzig Jahren nicht mehr gesehen.«

»Wer war er?«

»Mein Liebhaber.«

»Geneviève, ich kann Ihnen überhaupt nicht mehr folgen, Geneviève.«

»Jean-Louis Hauvette war der Liebhaber, den ich nur genommen hatte, um Léopold zu entkommen«, sagte sie leise und trank dabei ihr Glas aus. »Ich habe Ihnen ja gesagt, Léo verstand nichts von der Geschwindigkeit des Lebens.«

»Und Ihr Mann?«

»Was hat der denn mit dieser Sache zu tun?«

»Sie machen mich ganz benommen, Geneviève.«

»Abramovitz stand außerhalb all dieser Affären. Mein Gott, er sieht mich in der Scheibe. Er erkennt mich nicht. Frauen verändern sich stärker als Männer.«

»Wie hat er Léo getötet?«

»Wir haben ihn gemeinsam getötet.«

Geneviève schweigt. Ich warte. Einen Augenblick lang sprechen wir nicht. »Sie setzen mich in Erstaunen«, sagt sie schließlich, »ich hätte Sie doch für geistig emanzipierter gehalten.«

»Wie schrecklich!« Von neuem ihr köstliches Lachen. »Ich gebe zu«, sage ich, »daß ich eher geneigt bin, Ihr kriminelles Verhalten zu akzeptieren als Ihre Liebhaber.«

»Das ist dasselbe. Ich habe meine gefühlsmäßigen Neigungen schnell beiseite geschoben. Und ich habe Liebe nie mit Glück verwechselt. Wenn ich zu Hause untätig gewesen bin, dann war ich das nicht wie eine Frau, die sich langweilt, sondern wie ein Mann, der auf den Krieg wartet und sich auf ihn vorbereitet hat. Ich weiß nicht, welchen Léo Sie gekannt haben, der meine war ein Spieler und ausgehungert. Léopold Fench war der Krieg. Ich glaube, ich wäre ein Gegner von seinem Range gewesen, hätte er sich auf dem Terrain präsenter gezeigt. Machen Sie nicht so ein finsteres Gesicht, mein Lieber, ich habe einen Stileffekt gewagt, mich aufgespielt, nur so, um Sie zu amüsieren! Bei dieser ganzen Geschichte ist nur eins wirklich traurig, nämlich daß ich mit solcher Gleichgültigkeit darüber sprechen kann.

Ich wäre lieber eine Untröstliche. Ich vertraue den Untröstlichen, sie allein beruhigen mich hinsichtlich der Ewigkeit.«

»Sie sind eine Untröstliche, Geneviève.«

»Ach?... Vielleicht. Hauvette«, sagte sie nach neuerlichem Schweigen und warf dabei einen Blick in Richtung Glasscheibe, »Hauvette war nichts. Das Wichtigste an der Liaison mit diesem Mann war, daß sie Léo zu Ohren kommen sollte. Hauvette an sich existierte nicht. Die Tochter eines gemeinsamen Freundes hatte geheiratet. Léo sollte mit seiner Frau kommen. Paul Abramovitz folgte in Kanada den Lachsen (ich hatte die Angelegenheit Hauvette mit Abramovitz geregelt, was um so leichter war, als er ihn kannte und für einen Homosexuellen hielt). Ich wußte, daß die Fenchs später kommen würden, denn Léo kehrte aus der Provinz zurück. Mein Plan war einfach und gut. Mich im ersten Teil des Abends mit Hauvette zeigen und unter irgendeinem Vorwand vor ihrer Ankunft verschwinden. Interessieren Sie sich für diese Weibergeschichten«, bemerkt sie plötzlich, »offen gestanden, Samuel, Sie enttäuschen mich.«

»Ich interessiere mich für Sie, für Léo, für die Unwirklichkeit, von der wir sprachen, und für unseren Untergang.«

»Gut, gut, gut, ich fahre fort. Ich fahre fort«, sagt sie. »Nichts ist so gelaufen wie vorgesehen. Der Abend fand in einem Festsaal am Square du Temple statt. Statt spät mit seiner Frau zu kommen, ist Léo früh gekommen und allein, und ohne daß ich ihn bemerkte. Er tauchte vor uns auf, ein Glas in der Hand, wie jemand, der schon eine ganze Weile da ist (ich hatte darauf geachtet, mich vor Zeugen, die Léo möglicherweise sagen konnten, wir haben Geneviève gesehen, besonders auffällig an Hauvettes Arm zu hängen). Ich sagte: ›Leo.‹ Er sagte: ›Guten Abend, Geneviève.‹ Er musterte Hauvette und sagte mit einem Kopfnicken: ›Monsieur.‹ In diesem Augenblick begann das Orchester *Hava Naguila* zu spielen, die Brautleute sind auf die Bühne hinaufgegangen, alle Welt hat ihnen applaudiert, Léo herzlicher als irgendwer sonst, wie mir schien, und er hat etwas Unwahrscheinliches getan, wenn man ihn kennt, er hat die Hand einer Frau genommen, hat sie auf die Tanzfläche gezogen und hat mit einer verblüffenden Besessenheit, ohne sein Glas abzustellen, zusammen mit den Brautleuten gewissermaßen den Ball eröffnet. Léo, der das Gegenteil einer Stimmungskanone war, Léo, dessen Phantasie und dessen Kühnheit nichts mit Gefühlsüberschwang zu tun hatten. Die Folge war eine unbeschreibliche Atmosphäre der Freude und der Sympathie, die die Anwesenden, allen voran Hauvette, zusammenschweißte. Irgendwann habe ich Léo nicht mehr gesehen. Ich sagte zu Hauvette, daß ich mich nicht wohlfühlte, was die reine Wahrheit war, ich suchte Léo im Saal, jemand hat mir gesagt, er habe ihn weggehen sehen, ich bin in die Garderobe gelaufen, dort waren

Leute, die kamen, und andere, die gingen, ich überließ meine Handtasche Hauvette, der mir blöderweise auf dem Fuß folgte, ich habe gesagt, daß ich unbedingt mit jemandem reden müsse, und bin nach draußen gerannt, halbnackt, mitten im Winter, ohne Mantel, ohne Schal und ohne alles. Zuerst habe ich ihn nicht gesehen. Ich bin in eine Richtung gelaufen, ich mußte mich schließlich für eine entscheiden, ich bog aufs Geratewohl in ein paar Straßen ein, schließlich kam ich dort, wo ich geparkte Autos sah, in eine Straße, die Rue Charlot hieß, ich habe haltgemacht und habe seinen Namen gerufen. Etwas weiter ab, in dieser Rue Charlot, bleibt ein Mann stehen, und ich erkannte Léo. ›Haben Sie ein Problem, Geneviève?‹ hat er mit ruhiger Stimme zu mir gesagt. Wozu dient die Intelligenz? Wir stehen dem Leben so hilflos gegenüber, Samuel. ›Beruhigen Sie sich, Geneviève, kommen Sie wieder zu Atem‹, hat Léo gesagt und dabei die Wagentür aufgemacht. ›Es steht alles zum besten. In einer Art Anwandlung hatte ich heute abend tatsächlich beschlossen, den Abend und vielleicht auch die Nacht mit Ihnen zu verbringen‹ (wir waren nie eine ganze Nacht zusammengeblieben), ›Gott sei Dank zerstört Ihre Flatterhaftigkeit zur rechten Zeit diesen stupiden Plan.‹ Ich übersetze Ihnen das Wesentliche seiner Worte, Samuel«, sagte Geneviève zu mir, »mit grausamer Nonchalance gewählte Worte, deren höllische Wirkung ich kaum wiedergeben kann. ›Es steht alles zum besten, meine Liebe. Wovon mehrere Jahre des Zögerns und der Qualen mich nicht hatten überzeugen können, daß ich es tun müßte, haben Sie gerade mit einer Leichtfertigkeit, einer schneidenden Anmut vollbracht. Sie haben mich endlich von sich befreit, Geneviève. Und ich muß Ihnen auch noch dieses Geständnis machen: während es mir fast unmöglich gewesen wäre, das allein zu schaffen, beneide ich Sie ganz ehrlich um die Leichtigkeit, mit der Sie mich im Handumdrehen abserviert haben. Oh, aber schauen Sie doch, wer da kommt, schauen Sie doch, wer da mit Ihrem ganzen Plunder angelaufen kommt! Sehr beflissen, sagen Sie nur, Geneviève, phantastisch! Wärmen Sie sie schnell auf, Monsieur, sie zittert vor Kälte, wärmen Sie sie auf, so gut Sie können, Monsieur, Monsieur …?‹ ›Hauvette‹, hat Hauvette gesagt. ›Ovette‹, hat Léo gesagt und ist in seinen Wagen gestiegen, ›achten Sie auf Madame Abramovitz' Gesundheit.‹ – ›Was ist los?‹ hat Hauvette gefragt, als er mein verstörtes Gesicht entdeckte. Sehen Sie, Samuel, was man Mut nennt, Kampfgeist, das sind Worte, die aus unserem Stolz heraus entstanden sind, um das Unabwendbare zu verschleiern. ›Ist er dir zu nahe getreten?‹ hat er groteskerweise noch hinzugefügt. ›Er ist wirklich phantastisch!‹ hat Léo gelacht, ›Monsieur Ovette, seien Sie doch so nett und lassen Sie die Wagentür los, ich wäre glücklich, wenn ich abfahren könnte.‹ ›Ich mag Ihren Ton nicht, Monsieur.‹ – ›Fench‹, hat Léo gesagt. ›Ihr Name ist mir wurscht‹, ist Hauvette aufgebraust, ›es ist mir wurscht, wer Sie sind, ich schätze weder Ihren Ton noch Ihre Wirkung auf Geneviève.‹ ›Monsieur Ovette‹, hat Léo gesagt, dessen Zurückhaltung allmählich schwand, ›wenn Sie ein Freund dieser abstoßenden Komplikation sind, die man eine Liaison nennt, empfehle ich Ihnen Madame Abramovitz, empfehle ich Ihnen aufs lebhafteste Madame Abramovitz‹, hat Léo gesagt, der langsam in Fahrt kam, und weil Hauvette den Griff der Wagentür nicht losließ, stieg er wieder aus dem Auto, ›Madame Abramovitz‹, hat Léo gesagt und dabei Hauvette gemustert, der nebenbei bemerkt einen Kopf größer war als er, ›ist ein gelehriges Wesen, scheu, zärtlich und schnell zum Verrat bereit, sie besitzt diese kleine Rumpelkammer voller widersprüchlicher Eigenschaften, die einen durch das Niveauloseste an sie binden, man würde, wohlgemerkt, ein gutes Haustier nicht anders anpreisen.‹ ›Geneviève, soll ich eingreifen‹, hat sich Hauvette empört. – ›Madame Abramovitz liebt autoritäre Männer, alter Freund, greifen Sie also ein, und bitten Sie nicht erst um Erlaubnis.‹ ›Halt den Rand!‹ hat Hauvette in einem plötzlichen Anfall von Unzivilisiertheit gerufen und dabei nach einem der Scheibenwischer gegriffen, den er buchstäblich von der Windschutzscheibe gerissen hat. Und dann, ich wage kaum, es zu erzählen«, sagte Geneviève, »als hätte dieser Akt nicht genügt, uns den Rest zu geben, hat er den Versuch unternommen, Léo mit diesem lächerlichen Stock (von dem das Gummi herunterhing) zu bedrohen, wobei er hysterisch zischte: ›Zieh Leine, zieh

Leine!‹ ›Sagen Sie mal, das ist ja ein richtiger Draufgänger, den Sie da aufgetrieben haben!‹ hat Léo höhnisch gelacht. ›Noch ein Wort zu Madame Abramovitz, und du hast eine Schramme in der Fresse!‹ hat Hauvette geschrien und dabei seine Waffe auf ihn gerichtet. Daraufhin verlor Léo seine Ruhe, und mit einem sehr heftigen Schlag hat er den Arm Hauvettes, den Scheibenwischer und Hauvette selber niedergestreckt, der auf die Motorhaube gekracht ist. Dann stieg er wieder in sein Auto, setzte den Wagen in Gang, und noch bevor Hauvette Zeit hatte aufzustehen, rief er durch die heruntergelassene Scheibe: ›Verschwinde, du Dreckskerl!‹ und zu mir, auf ihn zeigend: ›Bravo, Geneviève, *First Class!*‹ Er fuhr mit Karacho davon, und ich habe ihn nie wiedergesehen. Zwei Tage später war er tot.«

Wir stoßen schweigend miteinander an. Und schweigend betrachten wir, sie und ich, wobei ich mich weit genug umdrehe, damit ich ihn in der Scheibe sehen kann, das, was von Jean-Louis Hauvette, dem Mörder Léopold Fenchs, übriggeblieben ist.

Offen gestanden ist nicht viel von ihm übriggeblieben, doch was bleibt schon von einem Greis übrig, der an der Place des Ternes allein an einem Tisch sitzt und hinter einer Scheibe die Schatten des Verkehrs beobachtet?

»Sind Sie ihm böse?«

»Wahnsinnig.«

»Bis heute abend?«

»Nein, heute abend nicht mehr«, flüstert sie, deprimiert.

Wir einigen uns auf die katastrophale Macht des Mitleids über jede Form von Vitalität.

Indem Geneviève Hauvette bedingungslos haßte (und er war um so hassenswerter, weil unschuldigerweise beschuldigt), hatte sie ihn auf der Höhe ihres Blickes gehalten. Sie hatte ihn vor dem Alter gerettet und vor dem Vergessen. Solange Zorn und Ressentiment weiter bestanden, hielt ihre armselige Geschichte stand. Ein leicht gebeugter Rücken, ein allgemeiner Eindruck von Einsamkeit hatten Geneviève besiegt. Und hatten damit alles besiegt. Denn Wirklichkeit gibt es nur an sich. Aus Gründen des Mitleids waren Geneviève, Hauvette und Léo selber in ihre Bedeutungslosigkeit zurückgefallen. Aus Gründen des Mitleids und der Erosion der Zeit (ist das dasselbe? ja) sind die Episode aus der Rue Charlot und der Tod, der darauf folgte, und das Leben, das darauf folgte, nur winzig kleine, unendlich kleine *Verschiebungen*.

Gott aufrütteln.

Einen kleinen Schritt nach hinten tun, damit er zur Welt kommt, und alle Tage, und mehrmals am Tag, und das ganze Leben lang.

Ich kann mich nicht brüsten, ihn getan zu haben. Diesen kleinen Schritt. Nicht einmal an einem einzigen Tag. Nicht einmal, mein Junge, ich schäme mich, ein einziges Mal, ohne auf Antwort zu warten, ohne auf irgendeine Erhörung zu hoffen. Der Jude, der wahre, sagt zu Gott, ich habe dir gehorcht, komm, ich habe dir einen Platz geschaffen in unserer Welt, und ich will nichts, absolut nichts von dir.

Das Leben aufrütteln. Das ja, das habe ich getan. Aber siehst du, es gibt keine Gesetze für dieses Unterfangen. Und das Leben, mein Junge, läßt sich nicht bereitwillig aufrütteln. Die Menschen streben nach Komfort. Das Leben aufrütteln ist ein wirklich trostloser Weg.

»Geneviève, alles ist unwirklich außer dem Augenblick. Bald werden wir alle drei unter der Erde sein. Bitten wir Jean-Louis Hauvette doch an unseren Tisch.«

»Wie bin ich?«

»Schön.«

»Alt?«

»Nein.«

»Gehen Sie hin.«

Jean-Louis Hauvette ißt eine Seezunge zu Ende. Ich bitte um Entschuldigung, ich sage zu ihm, daß eine Frau, die er schon lange nicht mehr gesehen hat, ihn zu sprechen wünsche. Er hört mir zu und dreht sich nach Geneviève um. Darauf geschieht etwas Unvorhergesehenes. Geneviève schaut zu mir auf, macht mir ein Zeichen mit der Hand, das ich nicht verstehe und fängt an zu lachen, prustet vor Lachen in ihre Serviette. Jean-

Louis Hauvette betrachtet sie einen Augenblick und wendet sich wieder mir zu. »Wer ist das?« fragt er. »Geneviève Abramovitz«, sage ich. – »Es freut mich, diese Person zum Lachen zu bringen. Ich kenne sie nicht«, sagt er und sticht in seine letzte Kartoffel. »Aber Sie sind doch Jean-Louis Hauvette«, habe ich ganz dumm angesetzt. »Keineswegs«, verabschiedet er mich.

Mein Sohn... was soll ich gesagt haben?

Wirst du lange so den Hanswurst spielen? Ein Erschaudern in Malaysia, ein Stückchen Kultur in Jordanien und drei Monate Ausruhen bei anderen Armleuchtern, im Lubéron. Die Welt steht jetzt für jeden x-beliebigen offen. Und alles ist bekannt, alles ist abgegrast. Kein *unberührter* Ort mehr. Am Ende empfinde ich noch eine gewisse Sympathie für die Afghanen und alle Gottversessenen überhaupt. Zu denen wirst du wenigstens nicht fahren. Ihr werdet nicht herdenweise die Abhänge des Pamir verschmutzen.

Mein Sohn.

Hast du den Kühlschrank aufgemacht? Hast du die Tristesse des Kühlschranks bemerkt? Ob hier oder in der Rue Ampère, der gleiche Kühlschrank, die gleiche Tristesse. Nancy ist es wurscht, sie steht über diesen Belanglosigkeiten, und Dacimiento kauft nie, was ich mag. Wenn ich den Kühlschrank aufmache, was sehe ich jetzt? Karamelpudding, Fruchtzwerge und Trinkjoghurt. Das ist offenbar für Jérôme. Jérôme, der dreimal im Monat kommt, gibt in meinem Kühlschrank den Ton an. Jérôme ist angeblich ein besonders aufgewecktes Kind. Er ist mit zweieinhalb Jahren imstande, Reime zu schmieden. Neulich hat deine Schwester gesagt: *Ich esse ein Butterbrot … Das macht deine Wangen rot*! hat Jérôme darauf sofort entgegnet. Allgemeines und bewunderndes Staunen. Dem ich mich angeschlossen habe. Ich verstehe zwar nichts davon, vielleicht ist es ungewöhnlich, mit zweieinhalb Jahren zur Antwort zu geben, das macht deine Wangen rot, wenn man dir sagt, ich esse ein Butterbrot. Auf jeden Fall ist er ein verhätscheltes, geliebtes, gefeiertes Menschenkind, jemand, der die besten Aussichten hat, wie mir scheint. Du, mein armer Schatz, hast nicht die Flanbys und die Yops bekommen (diese Markennamen verfolgen mich, sobald ich den Kühlschrank wieder zumache), ich erinnere mich nicht an deine Gedichte aus der frühesten Kindheit, und wenn ich dich auch liebte, so habe ich deinem Kindsein gewiß keinen Altar errichtet. Version Nancys und deiner Mutter: ich habe dich traumatisiert. Die Beispiele, die sie mir dafür geben, sind lachhaft. Eines Tages – eine Episode unter anderen – habe ich zusammen mit deiner Mutter deine Lehrerin aufgesucht, du fingst gerade an zu lesen und zu schreiben. Die Lehrerin war zufrieden: »Ich bin zufrieden«, verkündete sie, »er hat sich dieses Jahr viel besser eingefügt; letztes Jahr hat er sich nicht an den Spielen der andern beteiligt, er blieb in seiner Welt und stellte Fragen, die nicht seinem Alter entsprachen.« Deine Mutter und die Lehrerin waren glücklich über diese erfreuliche Entwicklung, ich hingegen, anstatt mit ihnen einer Meinung zu sein, soll dir, wie es scheint, die kalte Schulter gezeigt haben (einem fünfjährigen Kind!), unfähig, mich darüber zu freuen, daß du zum Herdentier wirst und in der Menge verschwindest. Eine andere, spätere Schulanekdote, da bist du angeblich mit den Ergebnissen einer Mathematikarbeit aus der Schule heimgekommen. Du warst fünfter geworden und freutest dich wie verrückt, daß du fünfter warst (normalerweise warst du eher vorletzter). Und anstatt dir ein Spitfire-Modellauto zu versprechen, soll ich in enttäuschtem Ton zu dir gesagt haben: »Und warum nicht erster?« Darauf fingst du zu weinen an, hast die Tür zugeschlagen, bist in dein Zimmer gerannt und hast gebrüllt: »Du bist nie zufrieden! Du bist gemein!« Jérôme wird bestimmt zu seinem Vater sagen können, du bist gemein, ohne daß es das geringste Aufsehen erregt. Zu meiner Zeit sagte man das nicht zu seinem Vater. Ich bin in dein Zimmer gestürzt und habe dir eine tüchtige Tracht Prügel verabreicht.

Das Amüsante daran ist, daß ich nicht etwa einen harten Kerl aus dir gemacht habe, sondern im Gegenteil ein willenloses Weichei. Und nicht einmal einen Feind habe ich zustande gebracht. Wenn du wenigstens ein Feind wärst! In der schlaffen Perversität deiner Trägheit sehe ich Gleichgültigkeit und vielleicht ein bißchen freundliche Nachsicht. Wenn ich unrecht gehabt habe, bin ich auf jeden Fall bestraft worden. Ich habe den vollkommenen Fremden fabriziert.

Nancy, die dich gern herausstreicht – wenn man auf der Seite der Großmut steht, ist die versöhnende Stiefmutter ein Register erster Wahl –, hat folgende seltsame Überlegung geäußert: »Man akzeptiert von seinen eigenen Kindern, was man bei anderen nicht akzeptieren würde.« »Wie meinst du das, meine Liebe« (ich bin von jetzt an sanft wie ein Lamm zu Nancy), »ist das ein Sieg oder eine Kapitulation?« »Weder das eine noch das andere«, gab sie mir aufgebracht zur Antwort, »es ist einfach so.« Ich habe nie mit Nancy diskutiert. In der gesegneten Zeit ihrer Depressionen habe ich ihre Gleichgültigkeit für Zustimmung gehalten, und seitdem sie sich rühmt, sie könne mir intellektuell das Wasser reichen, halte ich die Klappe. Du wirst daher als erster in den Genuß der Antwort kommen, die ich ihr nicht gegeben habe. Die Kinder, Nancy, hätte ich zu ihr sagen können, wenn die Abnutzung durch die Tage uns nicht derart voneinander entfernt hätte, die Kinder, meine kleine Nancy, stehen auf der untersten Stufe des menschlichen Begehrens. Wenn wir sie zeugen, tun wir es zumindest in der Hoffnung, die eigenen Tage mit einem *Gesprächspartner* zu beenden. Ich bin bereits in der Lage, Nancy, mein Alter zu akzeptieren, den Verfall meines Körpers hinzunehmen, ich nehme es hin, so, wie man eine Patience verpatzt, daß ich beim Spiel des Lebens verloren habe, das nehme ich hin, wie ich jetzt auch hinnehme, daß die Dinge auf sich warten lassen, ich nehme sogar hin, daß sich nichts ändert, wenn nur die alten Knochen noch ein wenig halten, ich nehme es hin, ganz langsam und gewöhnlich zu entschlafen, und ich nehme auch den gewöhnlichen Tod hin, der an meine Stelle treten wird. Ich bin durchaus in der Lage, Nancy, hinzunehmen, daß mein Kapitel in der Zeit bescheiden war.

Soll ich mich nun, zu allem Überfluß, meine Liebe, auch noch den Ungereimtheiten meiner Nachkommenschaft anpassen? Soll ich, unter dem Vorwand der Gene, einem Menschen verzeihen, dessen Ansichten von der Welt mir Ekel verursachen? Soll ich, mit einem Wort, hinnehmen – ich zittere allein schon bei dem Gedanken –, daß ich als Endgegenüber eine Larve vor mir habe, deren Ideal es ist, niemandem auf den Wecker zu gehen? In meiner Philosophie, Nancy, hätte ich zu ihr gesagt, will der Vater, daß der Sohn eben nicht der übrigen Menschheit gleicht. In meiner Philosophie ist das, was für die andern gut ist, nicht gut für den Sohn. Es ist mir wurscht, hätte ich zu Nancy gesagt, die mich übrigens gar nicht so weit hätte kommen lassen, es ist mir, versteh das, wurscht, daß der Junge zwischen Java und den Bermudas hin und her zieht, und wenn ich öfter als notwendig darauf zurückkomme, so liegt es daran, daß das Aussprechen dieser absurden Geographie meinem Hang zum Spott Nahrung gibt. Seine Lebensweise ist mir wurscht, es ist mir wurscht, ob er dort ist oder anderswo, ob er diese oder jene Funktion erfüllt, ist mir gleichgültig, es ist mir schnuppe, daß seine Mittelmäßigkeit in den Augen der Gesellschaft mehr oder weniger legitim ist. Was er auch tut und wohin er auch geht, selbst wenn er die Ellbogen breit gemacht hätte, um dazuzugehören, oder wild seine Ehrgeizlosigkeit bekundet hätte, mein Sohn ist der Welt von heute *angepaßt*. Ich habe einen *angepaßten Menschen* gezeugt (allem angepaßt außer seinem Vater, versteht sich). Ich habe einem Menschen das Leben geschenkt, der, wie die mutierenden Fliegen – ich habe in einer Nummer von *Science et Avenir* gelesen, daß eine beim Bau der Londoner Metro in die Falle gelockte Rasse von Fliegen, um zu überleben, hundertmal schneller mutierte als vorgesehen –, sich am Ende den Bedingungen der Welt beugt und sich in der Welt der Vernunft ein paar gemütliche Nischen einrichtet, in denen er auf die Auslöschung wartet. Es gab bei dir, mein Junge, in deiner Jugend, eine Nervenstörung, eine Zwangsvorstellung von Rache, etwas Verzehrendes. Diesem Sohn habe ich zugestimmt, sein Verhalten gutgeheißen. Er war mir zwar feindlich gesonnen, aber ich erkannte ihn an. Du hast mir mit diesem lächerlichen Durst nach dem Absoluten getrotzt, der typisch ist für Leute dieses Alters, und ich sagte mir, der Kleine ist sehr ungestüm, er wird sich von der Masse abheben. Aber du hast dich von nichts abgehoben. Nachdem die Aufwallungen der Jugend vorüber waren, hast du wieder deinen Platz im Mittelfeld eingenommen. Keine Spur mehr von Auflehnung. Keine Spur mehr von Rache. Keine Spur mehr von Leidenschaft. Alles, was einen Mann erfüllt, ihn stärkt und ihn über seine Verhältnisse hinaushebt, hast du in der Versenkung verschwinden lassen. Du hast das Fieber durch das Maß ersetzt. Und du hast das getan, noch bevor du einen Fuß in unwirtliche Gegenden gesetzt, noch bevor du einige Schritte in Gegenden der Ungewißheit gewagt hast. Du hast so schnell um deine Haut gefürchtet, mein armes Kind. Wie die Schar deiner willenlosen Freunde, du weißt, daß sich alles einmal rächt, daß man für alles bezahlen muß, deshalb hast du dich von vornherein dafür entschieden, nicht mehr aufzufallen. Schmerzvermeidung, das ist euer Horizont. Schmerzvermeidung tritt bei euch an die Stelle des Heldenepos. Darf ich Ihnen meinen Sohn vorstellen, aus der Clique der geköpften Blumen. Es wäre mir lieber gewesen, du wärst ein Verbrecher oder ein Terrorist geworden, als ein Aktivist des Glücks.

Ich hätte ihn lieber als Verbrecher gesehen denn als Aktivist des Glücks, hätte ich zu Nancy gesagt, würde die eheliche Einsamkeit nicht jeden Gedankenaustausch sinnlos gemacht haben. Was für eine Dramatisierung! hätte sie gelächelt und mir das Gesicht gestreichelt, würde der eheliche Zerfall nicht jede Liebkosung unrealisierbar gemacht haben. Der Mensch nach meinem Herzen – sagen wir gleich, daß er nicht sehr verbreitet ist –, Nancy, hätte ich unter der inspirierenden Wirkung der Zärtlichkeit weiter gesagt, der Mensch nach meinem Herzen hat sich für die *Wildheit* entschieden. Er *paßt sich nicht an,* er verleugnet nicht den Haß, der ihn stärkt und prägt, ihm liegt wenig am Überleben, wenn er dafür sich selber aufgeben soll wie die englische Fliege. Er sagt nicht ja zur Welt. Er kauert sich nicht in seine schnulzige Höhle wie dein Mentor André Petit-Pautre, mein Liebling. Petit-Pautre kommt mit einem Artikel über sein Buch nach Hause, seine Frau verschlingt seinen Schwanz, und er hat den Eindruck, die Menschheit sei ein voller Erfolg. So leben die Menschen. Auch mein Sohn findet, daß die Menschheit ein voller Erfolg ist. Man braucht nur diesen überlegenen Gesichtsausdruck zu sehen, wenn er von den eingeborenen Volksstämmen zu uns zurückkommt. Dem Menschen nach meinem Herzen ist es schnuppe, ob er von den Bambaras oder von den Intelligenzlern akzeptiert wird. Er will nicht geliebt werden, er will erobern. Er will sich nicht kurieren, er will siegen. Der Mensch nach meinem Herzen weckt das Morgenrot auf, hätte ich in einem oratorischen Anfall geschlossen und dabei auf die Tränen in Nancys Augen gewartet. Doch Nancy, die zehnmal am Tag wegen aller möglichen Dummheiten weint, ist für den Gedankenflug nicht empfänglich.

Das alles erinnert mich an eine Unterhaltung, die ich

kürzlich mit Lionel hatte. Lionel ruft mich empört an, weil er gerade entdeckt hat, daß in der jüdischen Tradition das Menschenleben als der höchste Wert angesehen wird. *Du sollst das Leben wählen,* spricht er mit einer Stimme des Ekels, Deuteronomium, letztes Buch Mosis. Was ist das für eine Geschichte, du sollst das Leben wählen!? Erklär mir diese Erniedrigung! Als ich einen Kommentar über die Nicht-Wörtlichkeit der Formulierung stammele (ich habe immer eine feige und positive Erklärung für jedes jüdische Wort bereit), ruft Lionel in den Apparat: »Es leben die Griechen!«

Nancy eine solche Rede zu halten hätte mich bedrückt. Schnell bedrückt ist der Schimpfer, denn was er zu verstehen geben möchte, ist ganz einfach *unaussprechlich.*

Wir sind allein. Mein Kleiner. Von einer ungeheuren Einsamkeit. Einer totalen. Und es gibt so gut wie keine Verbindung von einer Einsamkeit zur andern. Die Einsamkeit ist lang. Kaum wahrnehmbar die Freuden, die uns verbinden.

Jeden Tag wird mich die Welt weiter geschrumpft haben, und heute ist es die Welt, die in mir schrumpft. Das ist so. Das Leben wird mich am Ende besiegt haben. Wie es Léopold Fench besiegt hat. Wie es alle die besiegt hat, die es ganz intensiv begehren. Nichts erreicht die Höhe des Begehrens, mein Kind. Ausgenommen die Einsamkeit. Mein ganzes Leben hat sich zwischen diesen beiden Wörtern abgespielt. Diese Wörter beschreiben meine Spanne in der Zeit. Gott hat sich allem Anschein nach eingezogen, um einen Raum zu schaffen, in dem er nicht war. Gott, der Alles war und den Mangel nicht kannte, hat die katastrophale Idee gehabt, sich einzuziehen, damit andere (ein auch ihm unbekanntes Konzept) diesen Fluch ausprobieren. Auf die Frage nach der Insuffizienz des Lebens hatte mich Arthur (erstaunlich, wie mir jetzt alles von diesem Jungen wieder in Erinnerung kommt) fehlender Demut bezichtigt. Schau, hatte er geltend gemacht, schau die Einsteins, die Lubitschs, die Bruno Walters usw. Es folgte eine ganze Reihe mir bekannter oder unbekannter Namen, alles mehr oder weniger Exilanten, mehr oder weniger von der Geschichte oder dem Leben Gebeutelte, von denen zu erwarten stand, daß sie mir durch ihre Lebensfreude, ihren Optimismus und ihr fehlendes Selbstmitleid den Kopf zurechtrücken würden. Dem hätte ich gern eine andere Liste entgegengehalten, zwar aus demselben Schmelztiegel, jedoch von weniger sprunghaftem Temperament, doch wegen meiner Kulturferne ist mir spontan kein Name eingefallen (heute würde ihn meine täglich erweiterte Liste zu Boden schmettern).

Fehlende Bescheidenheit. Das ist möglich. Doch weshalb sollte ich mich bescheiden zeigen? Wovor, vor wem?

Das Leben in dem akzeptieren, was es uns an Gutem bietet, hatte der Dummkopf gesagt. Was hat es mir geschenkt, du Kretin, das ich nicht selber angepackt habe? Die einzige Wirklichkeit liegt in einem selber. Die einzige Wirklichkeit, Arthur, kauert in meinen Begierden. Die Welt gibt kein Almosen.

Lionel hat mir gestern morgen gesagt, daß er endlich den Nullpunkt erreicht habe. Plan des Tages, hatte ich ihm angekündigt: gegen die Verzweiflung ankämpfen. Ach, weiter bist du noch nicht, hat er geseufzt: du planst und du kämpfst. Ich, dem Himmel sei Dank, ich habe endlich den Nullpunkt erreicht.

Achte auf die Absonderlichkeit. Lionel, mein Freund und der leidenschaftlichste aller Männer, wird unaufhörlich nach dem Ausbleiben der Leidenschaften gestrebt haben. Was mir zu schaffen macht, mein Kleiner, liegt in diesem Blick, den ich sehe. Ein Blick, der zwischen Mitleid und Langeweile schwankt. Und Irritation vielleicht. Du hörst mir zu, du bemühst dich, anwesend zu sein, doch nichts von dem, was du hörst, lebt in dir, nichts spricht zu dir, nichts berührt dich. Weiß du, daß einem der anwesende Mensch am allermeisten fehlt? Hast du das erfahren? Selbst wenn du glaubst, gehört und geliebt zu werden, besteht der andere auf seiner Abwesenheit. Die deine, mein Kind, ist radikal. Ich kann deine Hand nehmen, aber du bist so weit entfernt wie möglich. Wir können nicht den kleinsten Schritt gemeinsam machen. In deinen Augen lese ich dein Unverständnis und mein Alter. Ich lese die Preisgabe. Ich lese die Bestätigung der Einsamkeit.

Nancy eine solche Rede zu halten hätte mich sofort niedergedrückt.

»Wozu soviel Maßlosigkeit, warum so wenig Sanftmut und Nachsicht?« »Ja, Nancy, ich bedaure es.« »Warum also?« »Ich muß mit mir selber im reinen sein.« »Mit sich selber im reinen sein, bedeutet das, sich um sarkastische Bemerkungen zu bemühen und sich unmenschlich zu zeigen?« »Es sieht so aus.« »Was für eine Selbstgefälligkeit!« »Mein Liebling, um die Pose des Besonnenen einzunehmen, müßte ich etwas mehr Zukunft haben. Ich bin nicht mehr von dem Verlangen besessen, ein Produkt meiner Eitelkeit abzusondern, und sei es über meine eigene Person. Ich bin der Verkümmerung zu nahe, um das Wagnis des kleinen Unterschieds einzugehen. Bevor ich auf einer öffentlichen Bank ende mit meinen Freunden, den Verblödeten, laß mich, meine großzügige Freundin, Intoleranz, Auswahl und Ungerechtigkeit preisen. Gestatte mir die Maßlosigkeit, die einzige Art und Weise, noch ein wenig vom Einsatz zu retten. Keine Gerechtigkeit. Deine Freundin Dacimiento hat die Herdplatte des Scholtès-Küchenherds in weniger als einem Jahr ruiniert. Frag sie mal, mit welchem Hobel sie die Stufenschalter gereinigt hat. Keine Gerechtigkeit. Das Problem dieser Frau besteht darin, daß man ihr einen toten Esel ins Regal legen könnte, ohne daß sie ihn sieht. Ich habe ihr eine

Küche für zwanzigtausend Franc hingestellt, und anstatt nun jeden Morgen zu strahlen, wenn sie sie wieder vor sich sieht, und mit zum Himmel erhobenen Armen darin herumzulaufen, setzt sie eine von diesen Jammervisagen auf, die alle standrechtlichen Hinrichtungen der Geschichte rechtfertigen. Und das, weil das Licht an einem 30. November um acht Uhr morgens in der Rue Ampère nicht auf so strahlende Weise durchs Fenster fällt, wie sie es sich wünschen möchte. Keine Gerechtigkeit.«

Ganz ich, der Garten.

Ich habe alles nach meinem Gutdünken gemacht. Egal wie. Ich habe nicht sofort mit den Blumen angefangen, zuerst habe ich die Bäume gemacht, dann das Gemüse, eines Tages habe ich den Rasen gepflanzt, den Rasen schaffte ich mit links. Sobald ich wegfuhr, wurde aus dem Rasen eine Wiese. Der Rasen, das muß gepflegt werden, das muß geschoren werden, das muß gegossen werden. Wußte ich das? Schließlich, das ist nun mal so, habe ich Bücher gekauft. Zuviel Geld zum Fenster hinausgeworfen, zu viele Fehlschläge. Du hast heute die Azaleen, den Rhododendron, die Rosensträucher (vier Sorten) gesehen. Die Fortunys sind vor vierzehn Tagen dagewesen. René und seine Frau Jeanne. Beeindruckt. Ich habe ihnen meine Kollektion an Gartenscheren gezeigt, wenn du willst, zeige ich sie dir auch. Willst du? Ich habe an die zwanzig. Ich glaube immer, daß ich eine noch bessere finden werde. Eine noch feinere Klinge, die noch kürzer schneidet. Manchmal kehre ich zu den alten zurück. Ich habe meine Favoriten. Selbst eine tote Gartenschere behalte ich. Ich hänge an jeder Gartenschere. Die Fortunys haben sich für meine Gartengeräte interessiert, für die Spaten, die Spritzgeräte – ich bin vernarrt in Spritzgeräte –, sie haben sich für meine Probleme der Bodendüngung interessiert, für die automatische Bewässerung, für meine Einfassungspläne. Es war kalt an jenem Tag, sie sind im Garten herumgelaufen, sind vor den Blumenbeeten stehengeblieben, vor den Bäumen, vor den Mäuerchen, ich habe sie vom Gartenhaus aus gesehen, und ich habe gedacht, worüber beklagst du dich, das sind noch Freunde.

Plötzlich hat René eine Bewegung gemacht – ich kann nicht darüber reden, ohne daß mir ganz seltsam ums Herz wird –, er hat sich herabgebeugt, er hat einen Armvoll welkes Laub genommen und hat es auf Jeanne geworfen. Sie hat lachend protestiert und ist ihm um die Eiche herum nachgelaufen, um ihm einen Klaps zu geben. An ihrer Wollmütze war ein Blatt hängen geblieben, wie eine Troddel. Sie rannte um die Eiche herum, ungeschickt mit ihren Stiefeletten, beide liefen lachend im Kreis, René machte Faxen in Gegenrichtung, sie ist stehengeblieben, um auf einen Baumstamm zu blasen, und er hat ihre behandschuhte Hand ergriffen und sie geküßt.

Arthur hat nie verstanden, wie ich sagen kann: »René hat keinen Geschmack.« Er hat nie verstanden, wie ich sagen kann: »Hast du die Häßlichkeit seines Wohnzimmers gesehen?« Ich konnte nicht mit einem Menschen befreundet bleiben, der nicht begreift, daß auf diese Weise von der Häßlichkeit von Renés Wohnzimmer zu reden ein Akt der Zärtlichkeit ist und daß es das Zeichen einer tiefen Zuneigung ist, die Häßlichkeit des Wohnzimmers der Fortunys für bemerkenswert, endgültig und großartig zu halten.

Dieser kurze Lauf um die Eiche herum, unter dem grauen Himmel (im Grunde mag ich, mehr als alles andere, den tiefhängenden grauen Himmel), dieser Kuß auf die behandschuhten Finger haben meine Zuneigung für Jeanne und René Fortuny noch verdoppelt.

Seit vierzig Jahren beobachtet Lionel von seinem Fenster aus die Metamorphosen eines Baums. Täglich, zu jeder Jahreszeit. Die kahlen Äste, die ersten Blätter, im Sommer, im Herbst. Alles, was noch grün ist, noch schön, von normaler Größe, sagt er, ist unten, fern vom Licht. An den äußeren Enden der verblühte Ocker, die Zerbrechlichkeit, die Zerfaserung.

Ich lebe die Hälfte der Zeit zwischen den Bäumen und dem Blattwerk, ich sehe nicht, was Lionel sieht. Nur der Gegenstand allein ist sichtbar. Das Nest ist dieses Jahr verschwunden, hat er mir gesagt.

Capriccio sopra la lontananza del suo fratello dilettissimo. Ein kleines Werk von Bach (was die Dauer angeht), entdeckt dank Serkins, über Lionel. Wir haben heute morgen am Telefon beide das Adagiosissimo gesungen, das *Lamento der Freunde*:

fa mi mi re re do Seufzer si do si si la la sol sol fa fa mi mi Seufzer

Lionel sagte mir, nachdem er wach geworden sei und diesem Gesang gelauscht habe, wäre es ihm albern erschienen, andere Erfahrungen für den Tag in Betracht zu ziehen. Diese sich wiederholenden Noten, diese Pausen, diese Unterbrechungen gingen ihm durch und durch und rechtfertigten seine Bewegungslosigkeit.

Den Bachspezialisten zufolge handelt es sich um eine liebenswürdige – ironisch gefärbte – Jugendkomposition. Die Wissenden machen die Welt flach.

Marisa Botton ist heute sechzig Jahre alt.

Eines Tages habe ich ihr einen Riegel Toblerone ins Geschlecht gesteckt, und anschließend haben wir ihn gegessen. Einen Riegel Toblerone, den sie für ihren Sohn gekauft hatte. Zu Anfang lehnte sie es ab, auch nur das geringste mit mir zu trinken. »In Rouen trinkt man nicht mit einem Unbekannten.«

»Ich bin kein Unbekannter.«

»Sie sind schlimmer, Sie sind ein Lieferant meines Mannes.«

»Also gut. Ich habe keine Chance, Sie außerhalb dieses Flurs zu sehen.«

»Nein.«

Ich wußte, daß das ja hieß.

Damals war das Telefon noch nicht so verbreitet, wie es das heute ist. Du konntest die Leute nicht direkt an ihrem Schreibtisch erreichen, das ging nur über die Telefonzentrale. Ich habe mich Monsieur Ostinato nennen lassen, ein Gelegenheitsname, den ich mir aus dem Musikerwortschatz herausgesucht hatte. Wer war Monsieur Ostinato? Denn selbst über die Telefonzentrale bekam man sie nicht unbedingt zu sprechen, und du mußtest der forschenden Stimme den Grund deines Anrufs mitteilen. Monsieur Ostinato war Unternehmer und wollte ihr einen privaten Kostenvoranschlag unterbreiten. Monsieur Ostinato wurde nur ein einziges Mal benutzt und hatte dann ausgedient (Marisa fand, daß es die schlechteste Idee war, die ich haben konnte, weil in der Firma Aunay nämlich nichts verborgen blieb, hätte schon ein Nichts genügt, daß man ihren Mann nach den Verschönerungsarbeiten an ihrem Haus befragte), doch er hat sie durch Kühnheit und Phantasie verführt. Monsieur Ostinato hat an einem Aprilabend um sechs Uhr in der Bar des Hotels de Dieppe sein Rendezvous bekommen.

Sie kam mit einer Viertelstunde Verspätung, ein wenig enttäuschend in einem grauen Wettermantel.

Es hat mich sechs Monate gekostet, bis ich sie hatte. Nach Ostinato gab es andere Namen, andere Tricks, andere Blitz-Rendezvous am Bahnhof, in der Bar de la Poste, in der Bar du Palais, im Dieppe, im Scotch, in der

Bar im Untergeschoß des Hotels d'Angleterre, sie kam mit Brille, sie blieb fünf Minuten und schaute dabei zur Tür, sie sagte zu mir, wir dürfen uns nicht mehr sehen, vergessen Sie mich, sie sagte mir ins Ohr, ich habe Verlangen nach Ihnen, ich komme um meinen Schlaf, wenn ich an Sie denke, sie konnte nie, sie hatte den Sohn, den Mann, die Mutter, die Fabrik, Rouen, das Universum, es gab keine Orte, keine Stunden, ich wurde verrückt.

Eines Tages habe ich sie bekommen. Mittags zur Essenszeit, in einem Zimmer des Hotels de la Poste, das auf die Rue Jeanne-d'Arc ging.

Das Leben aufrütteln.

Du sitzt in einem guten Restaurant, du hast einen guten Wein bestellt, du versuchst, hunderttausend Schlafanzüge zu verkloppen, der Form halber wird diskutiert, aber der Kunde benutzt kaum den Konditional, du spürst, daß die Sache geritzt ist, du sprichst über Golf oder andere Dummheiten, du lachst mit dem Kunden, lauthals, nebenbei bemerkt, Ihr habt mir immer vorgeworfen, nicht natürlich zu lachen, du lachst, der Käufer beugt sich vor, ihr stoßt an, du zeigst ihm dein ehrliches Gesicht, während du deine Gewinnspanne errechnest, und anstatt, nein, nicht glücklich, nein, der Himmel bewahre mich davor, nicht einmal zufrieden zu sein, sondern einfach nur ganz du, bist du am Boden zerstört, bist du aufgelöst, du zitterst in diesem leeren

Raum, der dich von Marisa alias Christine Botton trennt, verantwortlich für Planung und Auftragsabwicklung bei Aunay-Foulquier.

Warum ist es nicht dabei geblieben? Zwei kurze Stunden in der Rue Jeanne-d'Arc. Zwei Zwitterstunden fast, ohne besonderes Entzücken und sogar ohne die Süße der Anfänge. Aber wie kann man auf die Einbildung verzichten und um wohin zu gelangen? Sie paßte mir, weil sie so überdreht war, sie sagte ja, sie sagte nein, und ja und nein zugleich, sie paßte mir, weil ich sie nicht verstand... du siehst, mein Junge, selbst heute noch erfinde ich sie neu... sie paßte mir, weil ich nie müde wurde, sie zu begehren, weil sie eine unaufhörlich *hinausgeschobene* Illusion war, mein absolutestes Lockmittel.

Eines Abends, es war der letzte (der letzte Abend einer Torheit, die drei Jahre gedauert und mich, als Folge davon, von deiner Mutter getrennt hat), habe ich in einem Zimmer des Hotels Dieppe auf sie gewartet (auf sie warten wird meine Bestimmung gewesen sein). Botton war auf der Interstoff, der jährlichen Textilmesse in Frankfurt. Ihr Sohn war bei ihrer Schwester, angeblich. Ich habe gewartet und dabei Beutel von Chips verschlungen, geklaut in der menschenleeren Bar und heruntergespült mit Leitungswasser (damals gab es weder Mini-Bar noch Fernseher auf den Zimmern), habe sechsundvierzigmal die Zeitung *Paris-Normandie* gelesen, bin wie ein Geistesgestörter herumgelaufen und habe dabei gegen die Möbel geboxt, um zwei Uhr morgens habe ich bei ihr angerufen. Sie hat mit verschlafener Stimme abgehoben, diese Stimme brachte mich um. Ich habe gesagt, ich verlasse das Hotel und komme. Sie hat gesagt, nein, nein, tu das nicht, du weißt ja. Ich habe gebrüllt, was weiß ich, daß ich seit vier Stunden in einem albtraumhaften Zimmer warte! Sie hat geflüstert, mein Sohn hat Fieber, ich habe ihn zu Hause behalten. Ich wußte, daß sie log, ich habe gesagt, auch ich, auch ich habe Fieber, sie hat gelacht und hat aufgelegt. Ich habe wieder angerufen, ich habe gebrüllt, du wirst mich nie wiedersehen, du bist nur eine kleine Provinzhure, nicht einmal schön, du bist NICHTS! Noch in der Nacht bin ich nach Paris zurückgefahren, im Zustand wirklicher Auflösung.

Am nächsten Morgen, als ich ins Büro ging, hat mir ein Kerl am Boulevard des Capucines ein Flugblatt hingehalten für die Hilfe im Sahel oder sonst was. *Es gibt keinen größeren Schmerz,* hieß es in dem Papier, *als den einer Mutter, die ohnmächtig dem Tod ihres Kindes beiwohnt,* ich habe gedacht, was weißt du schon, du Armleuchter, und das Flugblatt zerknüllt. Denn was an diesem Tag zu erlöschen drohte, war nicht die Liebe oder eine andere Form irdischer Anhänglichkeit, sondern geradezu die Illusion des Lebens. Es spielt keine Rolle, mein Lieber, daß diese Illusion auf die Flure von Aunay beschränkt war, auf die Wände von Hotelzimmern, auf Autositze und auf einige jämmerliche Rouenner Toreinfahrten, das heißt auf nichts von dem, was von nah oder fern einer gewöhnlichen Lebensillusion gleichen könnte. Es hat zwischen ihr und mir nie das mindeste romantische Klima gegeben, nicht einen einzigen Ort, den wir gemeinsam besichtigt hätten, nicht einen einzigen Wald, durch den wir gegangen wären, nicht eine einzige Landschaft, keine fremde Straße, keinen Ort in der Welt, an dem zu sein wir uns die Zeit genommen hätten. Wir sind immer nur auf Türschwellen stehengeblieben, haben uns auf ephemeren Treppenabsätzen aufgehalten, und wenn ich auch nur das mindeste Talent hätte, die Dinge zu analysieren, würde ich daraus schließen, daß die Illusion des Lebens mit Marisa um so heftiger war, als sie nie durch ein äußeres Element verschönt und nie, nie mit dem Glück verwechselt worden ist.

Mit deinem Schwager Michel kann ich über Verstopfung reden. Ich meine damit, ich kann wissenschaftlich mit ihm darüber reden. Mit Arthur, früher, konnte ich auch darüber reden, aber von gleich zu gleich, das heißt von Verdammtem zu Verdammtem. Bei Michel gibt es Hoffnung in der Unterhaltung. Ich muß zu seinen Gunsten sagen, daß der Junge auf dem Gebiet der Verdauung ein unbestreitbares Wissen an den Tag legt. Allein schon das Wort Transit für Verdauung ist gut. Letzten

Sonntag hat er mir das Duphalac durch das angeblich nicht so blähende Transipeg ersetzt. Das Duphalac bekam mir zwar gut, verursachte mir aber Blähungen. Er verbietet mir die Zäpfchen auf Glyzerinbasis. Natürlich höre ich nicht auf ihn. Würde ich auf ihn hören, würde ich die Eductyl-Zäpfchen nehmen, damit scheißt du in einem Abstand von zehn Minuten viermal hintereinander Wasser. Michel besucht mich nie ohne ein kleines Köfferchen voller Medikamente. Er kennt alle meine Krankheiten, er interessiert sich dafür und es macht ihm Spaß, meiner Behandlung einige Subtilitäten hinzuzufügen. Deine Schwester, die eine etwas ökologische Kurve genommen hat, mißbilligt das natürlich. Michel ist ein guter Apotheker, vielleicht sogar ein ausgezeichneter Apotheker, und es würde mir auch Freude machen, ihn öfter zu sehen, wenn unser Gedankenaustausch sich auf das spannende Gebiet der Krankheiten und der Arzneimittel beschränken würde. Aber wie soll man einen Menschen bei sich zu Hause empfangen, der noch am selben Morgen nach Montfort-Coignières gejoggt und mit seinen jüdischen Wanderfreunden mit der Linie B der S-Bahn zurückgefahren ist, ohne das Thema anzuschneiden, ohne ihn zum Beispiel zu fragen, welchen geheimen Linien der jüdischen Tradition diese Wahnsinnigen entstammen. Er nimmt es übel auf. Was kann ich dazu? Dabei ist er ein sympathischer Junge, der brav Unkraut jätet und sich für meine Gesundheit interessiert. Sobald sich Michel in seiner jüdischen Integrität (wörtlich) bedroht fühlt, sucht er unweigerlich innerhalb von drei Minuten Halt beim Genozid, um mich zur Ordnung zu rufen. Um mich daran zu erinnern, daß die Solidarität keine Metapher ist. Daß es nicht notwendig ist, bis auf Gott zurückzugehen, um sich die Hand zu reichen, daß die Rekonstruktion der Welt über die Explosion dieses noch nie dagewesenen Kehraus geht. Um mich daran zu erinnern, daß wir immer noch diese gerupften Vögelchen sind, für die es nichts Dringlicheres gibt, als aufeinander zuzufliegen, um Zusammenhalt und Würde wiederzuerlangen, ob in Jerusalem oder in Coignières, denn das Volk der Michel Cukiermanns ist nicht mehr das Volk des Buchs der Bücher, sondern das der Shoah. Also sage ich ihm nicht, weil er mir voller Geduld und Pädagogik das Transipeg erklärt hat, sage ich ihm nicht, daß mein Volk, sei es nun das des Buchs der Bücher, des Stolzes oder der Einsamkeit, auf andere Weise erbittert und auf andere Weise ungezähmt ist, daß es sich meines Wissens noch nie selbst mit einer zitternden Vogelbrut verglichen hat, und ich sage ihm nicht, daß ich an einem Leiden leide, dessen man sich sehr viel mehr zu schämen hat und das darin besteht, daß ich mich dem von Recht und Brüderlichkeit erfüllten pathetischen Ernst seines Seins stellen muß, ohne es *auszuweiden*.

Mein Kind, ich kann nicht mehr, absolut nicht mehr mit jemandem sprechen, der nicht zweifelt, mit jemandem, der sich in eine gewöhnliche Vereinfachung eingeigelt hat, von dessen erbaulicher Sicht der Welt ich mich im wesentlichen unterscheide. Du hast dich vor dieser Starrheit der Ansichten und den Trugbildern der Leidenschaft sehr wohl gehütet. Du hast dich von jeder Form des Ehrgeizes verabschiedet und dich für die Nutzloskeit des Tuns entschieden. Auch mein Freund Lionel stimmt für eine träge Menschheit, aber ihr gehört nicht zum selben Lager. Lionel erwartet nichts, Lionel hat sich dem sinnlosen Ablauf der Tage entzogen. Du, mein Liebling, hast immerhin deinen kleinen bescheidenen Plan, denn du willst die Selbstverwirklichung, du willst dich entfalten. Seitdem ich mich näher für die Pflanzen und die Blumen interessiere, ist dieses Wort für mich sehr bildhaft. Du hebst die Arme hoch zu einer Blütenkrone, du bietest deinen Kopf dem leichten Luftzug, und du lächelst allen Passanten zu.

In einigen Stücken der *Kunst der Fuge* habe ich den Stoff gefunden, meine Seele tanzen zu lassen. Erste Fuge, Kontrapunkt 1, langsam, schnell, unermüdlich gehört, unermüdlich aufgelegt und wieder aufgelegt, langsam, schnell, langsam, stundenlang gehört, mein Kleiner, mehr oder weniger langsam, mehr oder weniger schnell, das ganze Leben hindurch unaufhörlich gehört, unermüdlich, Kontrapunkt 10, Kontrapunkt 12, Kontrapunkt 13, die dreizehnte Fuge! getanzt, gesungen in den schlimmsten Augenblicken, unerklärlicherweise getanzt, unerklärlicherweise gesungen, unerklärlicherweise

Freudenbringerin, Kontrapunkt 14, *unfinished* auf der Plattenhülle, ich mochte dieses Wort *unfinished,* mi, re, do, si, la, si, re   STOP   Abbruch wegen Todesfall, lange, radikale Stille, das Werk ist nicht unvollendet, sondern unfertig, nicht unvollständig, sondern *unfinished,* unterbrochen und unfertig und unendlich durch das Grab.

Bach wird mich von euch allen errettet haben, von eueren widerlichen Paradiesen, Bach wird mir das Leben gerettet haben.

»Meine derzeitige Frau, Nancy«, habe ich zu Geneviève gesagt, »war imstande, eine Stunde – mit der Uhr in der Hand –, eine geschlagene Stunde in einem Parfümeriesupermarkt zu verweilen, um sich für einen *freien* Puder (ich weiß immer noch nicht, was das ist) zu entscheiden.«

»Ich sehe daran nichts Anormales«, antwortet Geneviève.

»Nichts Anormales, nein, im Gegenteil, ich drückte ein Bedauern aus.«

»Tut sie es nicht mehr?«

»Heute kauft sich Nancy, obgleich in meinen Augen immer noch schön, verjüngende Cremes und Arzneien, aber, wie soll ich sagen, die Stimmung ist jetzt eher wissenschaftlicher Natur. Es gibt nicht mehr dieses bezaubernde Umherschweifen zum Magischen. Früher oder später vernachlässigen die Frauen das Belanglose.«

»Von wegen. Erst vor vierzehn Tagen – und, Samuel, ich stehe nicht mehr in der Blüte meiner Jahre – habe ich ein Drama daraus gemacht, weil ich meinen gewohnten Lippenstift nicht fand. Ich habe gesagt, stellt Arcancil den Lippenstift Bambus nicht mehr her? Ich habe gesagt, haben sie den Lippenstift Bambus aus dem *Programm genommen*? Ich schreie, nicht wahr? Samuel, ich bin stockbesoffen, Sie haben mich vollkommen betrunken gemacht, mein Freund, Sie wissen, daß ich so gut wie niemals trinke. Unser Freund, der falsche Hauvette, geht. Er ist nicht übel. Der richtige ist vielleicht nicht so gut erhalten. Vielleicht ist er tot. In unserem Alter stehen die Chancen gut, daß man tot ist, oder? Das ist jetzt das einzige Rendezvous. Deshalb bin ich imstande, wegen eines Lippenstifts oder eines Hautstraffungsgels durch ganz Paris zu laufen, ich will nicht den Ernst der letzten Augenblicke, ich will nur meine Laune befriedigen, denn am Ende des Wegs, mein lieber Freund, am Ende des Wegs liegt Bagneux, wo ich mit Abramovitz und seinen Eltern sein werde, Leute, die schon zu Lebzeiten sterblich waren, während ich so glücklich darüber gewesen wäre, auf dem Friedhof Montparnasse zu liegen, im jüdischen Geviert, bei Léopold, endlich neben ihm zu schlafen, selbst als Staub, selbst vergessen, selbst als nichts, endlich nicht mehr aufstehen und mich halten zu müssen, um Leichtigkeit zu heucheln, immer an der Schwelle meines Lebens, ein wenig spöttisch, ein wenig unbeständig, ein wenig verräterisch, endlich aufzuhören, meinen Körper zu verschleißen und meine Stunden, um die Liebe zu bekämpfen, die ich für ihn empfand, Sie gießen mir weiterhin ein, Sie sind voll und ganz verantwortlich für meinen Zustand, auf dem Friedhof Montparnasse bleibt man in der Stadt, die Leute spazieren dort einfach so herum, man geht mit Kindern hin und entdeckt amüsante Tote, Léo hätte es gehaßt, in Bagneux zu liegen, als ich das letzte Mal einen Stein auf sein Grab gelegt habe, vor fast einem Jahr, war es schon dunkel, und, ich verbiete Ihnen zu lachen, wir haben miteinander gesprochen: ›Wo waren Sie unser ganzes Leben lang gewesen?‹ habe ich geflüstert, ›als meine Existenz die Ihre kreuzte, wo waren Sie, jetzt bin ich über das Alter hinaus, in dem ich Sie anzuziehen vermöchte, die Liebe geht an mir vorüber und sieht mich nicht.‹ ›Genau das habe ich gewollt, Geneviève.‹ ›Was haben Sie gewollt?‹ ›Daß Ihr Gesicht sanft wird. Daß die Zeit es beschädigt hat, daß ich mit der Hand darüberfahren kann, um es zu streicheln, wie man einen Hund streichelt.‹ ›Warum?...‹ Er antwortet nicht. Ich frage warum, aber er antwortet nichts. Da sind nur mehr die braune Steinplatte und der Kieselstein in einer Ecke, so wie ich mich zeit seines Lebens in einer Ecke hielt, und ich sage ihnen nun absurderweise all die Dinge, die ich ihnen niemals, aber wirklich niemals zu seinen Lebzeiten gesagt hätte, ich sage zu dem Marmor mit den eingravierten Buchstaben, was ich nie gesagt hätte, als meine Existenz die seine kreuzte, und worüber ich auch heute abend noch schweigen werde, trotz meines Kopfes, der sich dreht, denn von nun an fürchte ich nicht mehr, ihn zu beunruhigen oder zu ärgern oder zu verlieren, der Tod hat ihn mir gegeben. Samuel, Hilfe, gehen wir schnell an die frische Luft.«

»Stehen Sie auf, Geneviève«, habe ich im Wohnzimmer der Rue Ampère gesagt, in dem wir schließlich gelandet sind, nachdem wir den Parc Monceau entlangmarschiert waren und uns eine ganze Weile in die Rotunde gesetzt hatten. »Stehen Sie auf, Geneviève«, forderte ich sie auf, nachdem wir ein Drittel einer verbliebenen Flasche Wodka brüderlich geteilt hatten. »Stehen Sie auf, kommen Sie, verrücken wir die Sessel, schieben wir die Stühle, den Tisch und die kleine Bücherleiter zurück, stellen wir die Lampe zur Seite, ich ziehe die Vorhänge zu, Geneviève, ich lasse die Rue Ampère und Paris und die Stunde verschwinden, geben Sie mir Ihre Hand und dann tanzen wir, *Jüdische Gesänge für Violoncello und Klavier*, ein Geschenk meines Schwiegersohns Michel, noch nie gehört, es ist, als würde ich mit Ihnen einen alten Nektar öffnen, aber wir haben genug getrunken, meine ich, tanzen wir lieber, tanzen wir heute nacht nach den Melodien der *Ungewißheit*, des *Kaddisch* und des *Kol Nidre*, ich bin irgendwo zwischen Samara und Kazan an der Wolga geboren, zwischen den menschenleeren Wegen und den menschenleeren Dörfern, ich werde im Schlafzimmerbett nebenan sterben, ein schönes Bett zum Krepieren, ich habe das neulich zu Nancy gesagt, sie lag ausnahmsweise, und ich saß ausnahmsweise, im Lehnsessel, ich habe zu ihr gesagt, geradezu ideal, um bei einem Sterbenden Wache zu halten, du lächelst, Nancy, aber dort wird dein Platz sein, ich meine, im Sessel, mein Liebes, und meiner im Bett, ehrlich gesagt, ich weiß nicht, welcher besser ist. Tanzen wir, Geneviève, das Weiß bedeckt die Steppe, es gibt weder Wände noch Türen, der Weg, den wir gehen, hat keine Bedeutung mehr. Die kleine präkolumbianische Ziege hat ein Bein verloren. Rosa Dacimiento hat es weggeworfen, ein kleines Bein aus Ton, was ist das schon? In der großen Tradition Audulias, ich fahre mit dem Wischtuch über das Regal, zu Anfang langsam und dann immer schneller, wenn ich mich der kleinen Tonstatue nähere, lachen Sie, Geneviève, lachen Sie, ich mag Ihr Lachen so sehr, ich würde bis zum Unmöglichen gehen, um Sie zum Lachen zu bringen. Audulia war unsere Vor-Dacimiento, eine Spanierin, mein Sohn, damals ein Kind, baute Modellkampfflugzeuge, sie machte alle seine Modelle mit dem Staubwedel kaputt, sie wischte keinen Staub, sie bekämpfte seine Jagdstaffeln, ich vermisse sie heute, so wie ich alles vermisse, was zu vergangenen Zeiten gehört, ob es Audulia ist, eine Ledertasche oder ein Geruch nach gesägtem Holz, ich bin furchtbar wehmütig gestimmt, Geneviève, unheilbar wehmütig gestimmt, heute ist das etwas, das einen auf der Stelle in

Verruf bringt, der wehmütig Gestimmte ist ein Bastard unserer Welt, ich hasse unsere Welt. Nancy ist in Brest, bei ihren Eltern. Meine Frau Nancy, Geneviève, geht unbeirrt ihren Weg, und seit sie unbeirrt ihren Weg geht, macht sie keine Anstalten mehr, sich aus dem Fenster zu stürzen, wälzt sie sich nicht mehr am Boden, sie schlägt mich ab und zu, und dann empfinde ich für sie eine wiedergefundene Zärtlichkeit, weil mich diese Störung an ihre frühere Zerbrechlichkeit erinnert, ich liebte Nancy, ich liebte ihre Anwandlungen, ich liebte ihr Lachen, sie hatte das Lachen, das ich mag, das Ihre, das Lionels. Das Arthurs, bevor er ins Allgemeingültige abglitt. Sie rief mich im Büro an, um mir zu sagen, ich bin weggegangen, um mich umzubringen, ist dir eigentlich klar, daß du mich zum letzten Mal am Telefon hörst, ich sagte, aber ja, wo bist du, sie fing an zu weinen, ich stecke in der Avenue de la Grande-Armée im Stau, nicht einmal um mich umzubringen, komme ich aus Paris heraus. Genau diese Nancy liebte ich. Ich ging sie holen, ich ging mit ihr in die Geschäfte, sie blieb Ewigkeiten, um sich für einen Puder zu entscheiden oder für ein Paar Schuhe, sie tat es mit der gleichen Aufrichtigkeit, mit dem gleichen Ernst, mit dem sie eine Stunde zuvor ihrem Leben ein Ende hatte setzen wollen, ich wartete auf sie an überheizten Orten, auf behelfsmäßigen Hockern, wir gingen mit den Paketen wieder hinaus, sie hängte sich mir an den Hals und küßte mich halb lachend, halb weinend, und am Ende weinte ich mit ihr, und wir weinten gemeinsam über die Schwierigkeit zu leben und über den Preis der Schuhe, warum haben sich unsere Wege so weit voneinander entfernt, warum ist sie dieses soziale Wesen geworden, ab dem frühen Morgen vom Abenteuer der Welt betroffen, sie, der das immer völlig wurscht war, seit sie die malischen Gesetzlosen liebt, liebt sie mich nicht mehr, seit sie auf der Seite der Großzügigkeit steht, bringt sie mich um. Tanzen wir. Was wir hören ist ein *Gebet*. Tanzen wir, Geneviève, vor uns gab es niemanden, und nach uns wird es niemanden mehr geben. Die Welt geht weiter, aber vergebens. Tanzen wir. Ich, der ich in einem Land aus einer anderen Zeit geboren wurde, ich, der ich an einer unheilbaren Sehnsucht leide nach menschenleeren Dörfern, nach menschenleeren Straßen, nach menschenleeren Klängen, wie soll ich meiner Frau in ihrer humanistischen Geschäftigkeit folgen können. Ich bin glücklich, in den Winter zurückzukehren. Vielleicht kommt die Vorliebe für graue Lichter bei mir aus dieser Ferne, und vielleicht gelangt der Klang der Saiten aus dieser Ferne zu mir, immer, wie ein Relikt. Drehen wir uns. Ich schätze Ihre Leichtigkeit. Lionel, der von seinem Fenster aus die Welt beobachtet, mag das Grau des Himmels ebenfalls, er jedenfalls kann sicher sein, sagt er, daß dieses Wetter niemanden zufriedenstellt, mit etwas Glück, sagt er, vermag die Melancholie einige Gedankenlose zu erreichen, und du fühlst dich nicht mehr ganz so allein, nicht mehr ganz so allein, sagt er, wie an den scheußlichen Tagen des Kulturerbes, an denen du Trauben glücklicher Menschen in Shorts vorbeiziehen siehst, man sollte Shorts in der Stadt verbieten, Shorts sollten nur in der freien Natur geduldet werden, einzig und allein in der freien Natur, und dazu in herbstlichen Farben, in der Stadt sollte man Shorts und glückliche Menschen verbieten, schloß er. Jeden Tag, Geneviève, reden wir am Telefon miteinander. Jeden Morgen rufen wir uns an, wir reden fast nur noch am Telefon miteinander, so nahe wir sind. Wir brauchen kein Gesicht mehr, um zu reden. Morgen früh werde ich Lionel sagen, daß Arthur sich eine Wohnung in Jerusalem gekauft hat. Vielleicht weiß er es und hat den Takt besessen, es mir zu verschweigen, weil er weiß, wie ich dazu stehe. Ich würde gern Lionels Meinung in dieser Frage kennen. Auch Arthur vermisse ich. Ich vermisse ihn. Nicht nur beim Schach, wo er, obgleich er erheblich nachgelassen hat, der einzig mögliche Partner war. Obgleich er auf besorgniserregende Weise nachgelassen hat, wie er es auch in der Freundschaft getan hat, einer anderen Disziplin. Ich vermisse ihn, denn auch mit ihm konnte man lachen. Es gab eine Zeit, in der ich auch mit Arthur über die Pleite des Lebens lachen konnte. Arthur, wußten Sie das, hat sich wegen eines Traums beinahe von Vera getrennt. Er ist eines Morgens aufgewacht und hat zu Vera gesagt: ›Du bist furchtbar. Du bist eine furchtbare Frau.‹ Vera hatte ihn im Traum zum Mittagessen eingeladen. Entgegen ihrer Gewohnheiten fuhr Vera den BMW. In einem Dämmerlicht, obwohl anzunehmen ist, daß Mittag war, fahren sie im Sandbett eines ausgetrockneten Flusses, eine Art Garonne am Ende ihres Laufs. Sie fahren, allein, in einer Art trichterförmiger Flußmündung, die gesäumt ist von billigen Fernfahrerkneipen, sie begegnen einigen Baustellenlastern, fahren an einer Kiesgrube vorbei, wo Hochbetrieb herrscht, an den Uferböschungen liegen in einigen Tümpeln Schiffe, man spürt genau, daß der Weg nur einmal am Tag befahren werden kann, man spürt genau, daß die Flut steigen wird, plötzlich versucht Arthur das Steuer zu übernehmen und brüllt: ›Der BMW wird einsinken!‹ Vera antwortet ihm: ›Du denkst nur an deine Karre, du bist nur ein Angsthase, ich fahre dich nie wieder irgendwohin!‹ Beim Erwachen analysiert Arthur diesen Traum, er denkt wieder an den Sand, an den Schlamm, an die steigende Flut, an die Kiesgrube, an die unechten Hafenkneipen, an den Fischgeruch, er denkt über das Dämmerlicht nach, er denkt wieder an die schreckliche Reaktion, als er versuchte, den BMW zu schützen, das heißt an ihrer beider Rückkehr, das heißt an sie beide, und er sagt sich, dorthin also fuhr sie mich zum Mittagessen. In Wirklichkeit fuhr sie mich dem Tod entgegen.

So war er, mein Arthur. Der Überempfindliche, der Unvernünftige. Warum muß er in dem Augenblick, in dem es nichts mehr zu verlieren gäbe, den launenhaften Zufällen des Lebens Adieu sagen. Sich auf die Suche nach einer jämmerlichen Kohärenz machen in dem Augenblick, in dem man auf alles verzichten müßte, sich auf den letzten Drücker ein mitleiderregendes *Selbst* zurechtbasteln. Wozu? Eines Tages, Geneviève, vor einigen Jahren, bin ich mit dem Auto die Quais entlanggefahren, am Cours Albert-I., auf dem gegenüberliegenden Bürgersteig strich ein Mann an der Mauer entlang, ein alter Mann mit einer Persianermütze und einem beigen Lodenmantel. Er ging im Rhythmus der Alten, die Hände in den Taschen, allein mit seinem Schatten in der Sonne. Es war mein Vater. Oft denke ich an diesen Blick, den er nie auf sich gespürt hat. Und ich sehe dieses Bild wieder vor mir. Ein Bild, seiner Wahrheit beraubt. Auch er liegt in Bagneux. Wir werden dort nicht verloren sein, Geneviève. Mein Vater war (wie Dacimiento es von mir behauptet) eine Art Sauberkeitsfanatiker. Sein Grab in Bagneux ist aus Euville-Stein. Ein weißer, einfacher Stein, vollkommen für die Ewigkeit, der aber leicht schmutzt. Wenn ich ihn besuchen gehe, nehme ich eine Plastiktasche mit, in der ich eine extraharte Bürste, einen Schwamm und eine Flasche Wasser habe. Auch wir reden miteinander, er sagt, da bist du ja endlich, mein Junge, Colette Waintraub, die überhaupt kein Gefühl für den rechten Zeitpunkt hat, hat mir einen lächerlichen Blumentopf hingestellt, schau her, er ist beim ersten Windstoß umgefallen, Ergebnis, alles ist verdreckt, es regnet, überall liegt Erde herum, Ränder unter den Steinen, kannst du meinen Namen noch lesen? Ich sage zu ihm, du wirst zufrieden sein, Papa, ich hole meinen Plunder heraus, ich knie mich hin, räume alles ab und fange an zu schrubben, zu schrubben mit der extraharten Bürste, er sagt zu mir, das ist gut, wenigstens du verstehst mich, du allein verstehst mich, ich schrubbe, so gut ich nur kann, und er fängt an, mir Befehle zu erteilen, so wie er mir zu seiner Zeit erklärte, wie ich ihm den Rücken zu schrubben hatte oder wie man eine Badewanne reinigt, schrubb, mein Kleiner, dort, dort, dort, du Dreckschwein, dort mußt du nochmal drübergehen, schrubb den Stern, du siehst doch, daß sich die Erde darin festgesetzt hat, fester, gut. Ich stehe wieder auf, ich schnaufe, ich bin immerhin dreiundsiebzig Jahre alt, und seit zehn Minuten schon stehe ich in gebückter Haltung in meinem Mantel, ich bringe die wenigen Steine wieder auf ihren Platz und habe den Eindruck, daß alles bestens ist, als ich die Seiten bemerke und sehe, daß auch die Seiten saubergemacht werden könnten. Ich sage mir, das ist vielleicht unnötig – wer kümmert sich schon um die Seiten? –, als ich eine Stimme spüre, die ungeduldig wird, o nein, Freundchen, kommt nicht in Frage, du machst das zu Ende, spiel ja nicht den Schlaffi, mach mir alles sauber, und ich gebe zu, daß er recht hat, und ich kauere mich von neuem hin und schrubbe wie ein Irrer die ganze Umrandung ab, schrubbe die Flechte, den Schimmel, die verklebten Blätter, die verklebte Erde ab, und als ich schließlich erschöpft aufhöre, ist sein Grab wie neu, und ich sage zu ihm, bist du zufrieden, und er ist zufrieden.

Mein Sohn hingegen, Geneviève, zieht durch die Welt. Er ist achtunddreißig Jahre alt und reist von einem Punkt der Erde zum andern, ohne daß ich das geringste davon begreife. Im Verlaufe seiner Reisen befreit sich mein Sohn von seinen Wunden, gibt seinen Weltschmerz auf und seine innere Zerrissenheit, gibt mich auf, und alles, was wir waren, wird in den Graben des Vergessens geworfen. Der Weg des Glücks, Geneviève, ist vielleicht der Weg des Vergessens. Im Oktober wird er zurückkommen, wir werden uns sehen, und er wird liebenswürdig und geduldig sein und sanft. Und ich, ich werde zu Anfang liebenswürdig sein und geduldig und sanft, und ich werde zu ihm sagen, was für einen Sinn hat das alles? Und ich werde warten, daß er mir antwortet und dabei meine Hand nimmt, welchen Sinn hatte alles übrige? Und darauf würde ich sagen, ja, im Grunde, welchen Sinn hatte alles übrige? Und wir würden sonst nichts mehr sagen, und wir würden einen Gang durch die Farnkräuterspaliere machen und alles wäre in Ordnung.

Zu Anfang, Geneviève, werde ich liebenswürdig und geduldig sein, und sanft. Ich werde sagen, erklär mir das Wort *glücklich*. Du hast also Wurzeln in dieser Welt geschlagen, mein Kind. Sag mir, wie hast du das angestellt? Nancy, die liebe kleine Heilige, wird mich jedoch schon längst gewarnt haben: ›Hör auf, ihn zu provozieren, er will nicht *glücklich* sein – was für eine Geringschätzung, allein schon wie du das aussprichst –, er will *an seinem Platz sein.*‹ Ich werde fragen: ›Was bedeutet an seinem Platz sein?‹ ›An seinem Platz sein‹, wird Nancy erwidern, die wirklich bestens informiert ist, ›das ist mehr als glücklich sein. Es heißt, sich freizumachen, es heißt, zu akzeptieren, daß das Gleichgewicht am wichtigsten ist. Es heißt, sein Gewicht und seinen Rhythmus einzupassen, zu sein wie ein Planet um die Sonne. Du führst keine äußeren Schlachten mehr, du leidest nicht mehr am Mangel von irgend etwas, du kannst dir sogar erlauben, traurig zu sein. Dein Kind‹, wird sie schließen, ›nähert sich seinem Platz.‹ Zu Anfang, Geneviève, werde ich liebenswürdig und geduldig und sanft sein. Aber wie soll man liebenswürdig und geduldig und sanft bleiben, wenn man dir sagt, daß dein einziger Sohn danach strebt, im Äther zu schweben? Und wie soll man sich gegenüber jemandem verhalten, dessen Ideal, dessen Finalität es ist, *an seinem Platz zu sein*? Der sich bei dieser Gralssuche (ich übernehme ihr Kreuzfahrervokabular) von seinen Wunden und seinen quälenden Fragen befreit hat? Aus welcher Substanz besteht ein Mensch, der sich von seinen Wunden befreit hat? Und wie soll man sich gegenüber jemandem verhalten, der behauptet, er habe von nun an einen gelasseneren Blick auf die Dinge? Es ist nicht der gelassene Blick, der verletzt, es ist die Selbstgefälligkeit, die Lust, es einen wissen zu lassen. Alles an ihm schreit mir seine gelassene Sicht der Dinge entgegen, seine Haltung auf dem Stuhl, sein Gang, seine Langsamkeit, seine glatten Augen. Seine Augen, leider, in denen ich eben nicht die gelassene Sicht der Dinge sehe, sondern nur *Gleichgültigkeit*.

Ich werde sagen, welchen Sinn hat das alles? Aber er wird mich nicht bei der Hand nehmen, er wird nicht die Worte sagen, die ich mir erhoffe. Es wird keine fast stumm gewechselten Worte geben, kein geheimes Einverständnis, keinen Gang durch den kupfrigen Farn. Was es, leider, geben wird, auf der einen Seite Schweigen, auf der andern das Bekunden von Bitterkeit, das Bekunden von Ungerechtigkeit, von fehlender Sanftheit, von Mitleidlosigkeit. Das ganze Wörterbuch meiner Melancholie.

Ich werde sagen, erklär mir das Wort *glücklich*.

Ich will nicht die Umschreibungen, ich will nicht die Paraphrasen, ich will das reine Wort, das erschreckende Wort, ich will das Wort: *glücklich*. Ich tanze gern mit Ihnen, Geneviève, ich mag Ihre Leichtigkeit, Ihre unbestimmte Anmut. Ich möchte Sie wieder zum Lachen bringen. Geduld, ich bin imstande, von einem Schritt zum andern die Stimmung zu wechseln.

Er soll mich in die Arme nehmen, er soll zu mir sagen, komm Papa, ich nehme dich mit, deine Freundin Geneviève hat recht, am Ende des Wegs liegt Bagneux, komm also mit, um in Mombasa zu lachen mit deinem Sohn, der so blöd ist wie die Italiener in Chandolin vor vierzig Jahren, Papa, ich werde dein Grab schrubben, wie du das deines Vaters geschrubbt hast, ich werde mehrmals im Jahr mit der Bürste hingehen, der Stein wird blitzblank sein, und du wirst mir deine Anweisungen geben, und wir werden lachen und Spaß haben, doch bis es soweit ist, kommst du mit mir, laß uns auf der Landkarte das Pferdchenspiel spielen, was liegt am Ort, Wirklichkeit gibt es nur in sich selber, und hör auf, dich allein zu fühlen, ich werde dich tragen, wenn du willst, auch ich kann lachen, was glaubst du wohl, wozu das alles, wenn du dich am Ende zwischen Châlon und der Rue Ampère wiederfindest und darauf wartest, daß der Tod dich dahinrafft, du hättest genausogut Teigwaren im Süden verkaufen können, du, der du den *sugo* magst, das Öl, die Oliven, die Tomaten und den Knoblauch, ich laufe nicht hinter dem Glück her, aber ich vermeide es auch nicht, es wäre schließlich eine schöne Überraschung, wenn es uns ins Auge stechen würde wie das hinter einem Baum versteckte Pittoreske, ich will dir gern das Wort glücklich erklären, Papa, es hat nichts mit dem zu tun, was du glaubst, glücklich, das wäre, wenn wir beide zusammen lachen würden wie früher, wie beim Tod deines Bruders Benjamin, als du ihn gestreichelt und dabei gesagt hast, wie schön du bist, du hast jetzt deine Ruhe, und ich gesagt habe, man kann nicht sagen, daß er schön ist, Papa, man müßte ihm vielleicht den Mund schließen, bevor seine Kinder kommen, und als wir den Versuch unternommen haben, ihm den Mund mit einem Geschirrtuch zu schließen, wobei du die Kinnlade nach oben gedrückt hast und ich mit aller Kraft den Knoten überm Kopf geknüpft und zusammengezogen habe, wie haben wir da gelacht, als wir ihn betrachtet haben, und du hast gesagt, ah, den hast du aber gut hingekriegt, und wir weinten vor Lachen, als seine Kinder gekommen sind, und sein Sohn hat gesagt, als er seinen Vater als Osterei und uns so ausgelassen und fröhlich sah, aber was ist denn los? und wir haben aus dem Zimmer gehen müssen, erinnere dich, Papa, um nicht vor Lachen loszuprusten, denn genau das ist die Wahrheit, und nur das, und alles andere ist Schein-Ernsthaftigkeit.

Er soll mich in die Arme nehmen und mir diese Dinge sagen, Geneviève, und alles wäre in Ordnung. Bitte, mein Kind, fahre fort mit der Bestandsaufnahme unseres Lachens.

Er soll zu mir sagen, ich erinnere mich an dich, Papa, als du dich damit gebrüstet hast, der König der Einseiferei zu sein, du ließest deine ersten Hemden aus Korea kommen, ihr wart auf verspätete Lieferungen spezialisiert, du hast auf englisch ins Telefon gebrüllt, selbst sonntags, wir durften nicht ins Wohnzimmer kommen, und am nächsten Tag sagtest du zu den Kunden, in acht Tagen ist das Schiff da, und nach vierzehn Tagen sagtest du, das Schiff hat einen Maschinenschaden gehabt, und dann hast du dich gefragt, was kann ich jetzt bloß noch erfinden, und wir haben dich auf die Idee gebracht, sag, ein Sturm sei aufgekommen, Papa, und du hast geantwortet, ja, eine gute Idee, Kinder, es hat einen furchtbaren Sturm gegeben, bringt mir mal den Atlas, damit wir nachsehen, wo. Und als das Schiff angekommen ist, hast du vierzigtausend Hemden mit dreiviertellangen Ärmeln bekommen, denn die Maße der Ärmel, die du von der Schulter ab gemessen hast, hatten die Koreaner vom Hals ab verstanden. Er soll sagen, ich erinnere mich an dich, Papa, als du der König der Ungenauigkeit warst, er soll sagen, Geneviève, das Haus der Kindheit ist nicht menschenleer, ich höre noch die Stimme, die ruft: ›Der erste, der sich hier über irgend etwas beklagt, egal was, den erwürge ich mit bloßen Händen. Keiner von euch, ihr Parasitenbande, hat vierzigtausend sommers wie winters unverkäufliche Hemden auf Lager!‹ Und als du später, wir waren Halbwüchsige, Papa, angefangen hast, Jeans, Blousons, *Jugend-Artikel*, wie du sagtest, aus Rumänien zu importieren, für den Massenabsatz bestimmt, und wir dich fragten: ›Hättest du nicht eine Jeans in Röhrenform und mit Knopfverschluß?‹, gabst du zur Antwort: ›Hab ich, hab ich‹, und als wir zu dir sagten: ›Aber bist du auch sicher, daß sie schön eng sind am Knöchel, mit einem Hosenschlitz wie bei den Levis?‹, sagtest du: ›Hab ich.‹ ›Und das verwaschene Aussehen der Wranglers, Papa?‹ ›Hab ich, hab ich.‹ ›Und meine Größe, Papa, bist du sicher, daß du auch eine in meiner Größe hast?‹ ›Ich habe alle Größen‹, und du hast noch hinzugefügt: ›und alle Farben‹; wir erkundigten uns besorgt: ›Aber wieso alle Farben, Papa, die echten Jeans sind doch nur blau!‹, du hast die Diskussion abgebrochen und ausgerufen: ›Was ich habe, ist viel besser!‹, wir wußten sofort, daß es Scheiße war, jedesmal, wenn du sagtest, was ich habe, ist viel besser, wußten wir, daß es Scheiße war, daß wir mit einer orangefarbenen Hose mit Reißverschluß und Schlag dastehen würden, du hattest in den siebziger Jahren zu Hause eine Art absoluter Anti-Mode kreiert, das BESTE von Perlman & Co., so wie es das MUST von Cartier gab.

Er soll zu mir sagen, ich erinnere mich an das BESTE von Perlman. Bin ich, jahrelang, anders gekleidet gewesen als mit dem BESTEN von Perlman? Begreif doch, daß ich darunter leiden mußte, in einem Alter, in dem du nicht weißt, ob du ein kleines bißchen attraktiv oder einfach nur scheußlich bist, daß ich gezwungen war, mir mein Outfit in der Lagerhalle in Orly auszusuchen und nie (denn du fandest eine solche Ausgabe unangebracht) an eine einzige *echte* Levis heranzukommen, an eine einzige *echte* NewMan, eine einzige echte Jeans, um die Wahrheit zu sagen, von all dem andern gar nicht zu reden, von Anoraks, Hemden, Schlafanzügen aus Polyester, Super-Shetlands aus aufgerauhtem Leinen. Du hast selbst zugegeben, Papa, daß das BESTE von Perlman Scheiße war, du hast es Jahre später zugegeben, aber vorher hast du gesagt, erinnere dich: ›Prisunic und Monoprix reißen sich um meine Kollektionen, ich ziehe halb Frankreich an, doch was für halb Frankreich gut ist,

ist den kleinen Perlmans nicht gut genug.‹ Später hast du zugegeben, daß die kleinen Perlmans recht komisch ausstaffiert waren (unter dem BESTEN gab es auch das mit den leichten Fabrikationsfehlern), und wie haben wir an dem Tag gelacht, an dem du das mit einer erstaunlichen Dreistigkeit zugegeben hast, an dem du mit verblüffender Dreistigkeit und aufrichtiger Heiterkeit selber eingestanden hast, daß die seltenen BESTEN, die etwas taugten, die für die Kundschaft der Einkaufscenter allzu gestylten und zu teueren Fabrikmuster waren.

Was würde ich nicht dafür geben, Geneviève, daß er zu mir sagt, du bist der König der Unaufrichtigkeit, der König der Ungerechtigkeit und der Ungeduld, ich trage sie in mir wie geheime Angreifer, obwohl ich an meinem Platz sein oder wie ein Korken auf dem Wasser leben will, kannst du auf mich zählen, weil ich zum Geschlecht der Söhne gehöre, und der Tod wird mich noch als Wächter deines kleinen Reiches finden.

Ich würde zu ihm sagen, ärgere dich nicht, mein Sohn, über mein abscheuliches Geschwätz, mit Leuten, die mir teuer sind, gehe ich gern ganz nahe am Abgrund entlang, ich liebe die extreme Gefahr. Ich versetze mich in einen Zustand äußerster Unausstehlichkeit oder in einen Zustand äußerster Häßlichkeit, um eure Zuneigung zu testen. Ich kann Gipfel erreichen, vor allem die der äußersten Häßlichkeit. Er würde lachen, Geneviève, wie Sie im Augenblick lachen, ich liebe Ihr Lachen, Ihr Lachen rettet mich, auch er würde lachen, und ich würde sagen, es ist alles in Ordnung, mein Junge, im Grunde ist es ohne Bedeutung, ob du ein Korken auf dem Wasser bist oder ein Mensch, der seiner eigenen Suche hinterherläuft. Goulandri, mein Chiropraktiker, ist aus Ägypten zurück. Du wenigstens kommst zurück und schweigst. Als Goulandri nach einer dreiviertelstündigen mythologischen Massage erklärt hat: ›Und Isis findet die Glieder des Osiris wieder, bis auf den von einem Fisch verschlungenen Phallus‹, habe ich gerufen: ›Erbarmen! Erbarmen, Herr Doktor!‹ Du, du kommst zurück und schweigst. Dafür bin ich dir dankbar. Es ist ohne Bedeutung, ob du deine Haut retten oder in Harmonie mit ich weiß nicht was leben willst. Ohne Bedeutung, daß der Grund deines Umherirrens nicht die Genealogie der Götter, sondern deine kleine Person ist. Wenigstens bist du nicht langweilig. Du hast nichts zu teilen, nichts zu übermitteln. Ich sage bravo. Ich begrüße das. Wenn du nur nicht dieses überlegene Gesicht aufsetzen würdest, dieses überlegene Gesicht – mir ist schwindlig, Geneviève, ich falle gleich, ich muß mich hinsetzen.«

»Geneviève«, habe ich gesagt, nachdem ich auf dem Sofa zusammengesunken war (wobei ich versuchte, mir einen Anschein von Rückgrat zu bewahren), »geben Sie mir Ihre Hand, ich gehe unter. Ein Kerl, der an der Wolga geboren ist und den drei Glas Stolynschnaya niederstrecken. Ihre Hand ist warm, es macht mir Freude, sie zu halten. Was würde Léo sagen, wenn er uns sähe?

In der Rue Ampère, nachts, jüdischen Gesängen lauschend und dem Tod die Stirn bietend. In der Rue Ampère, von der du – zu Recht – sagtest, es sei kein *Ort*. Wo bist du, mein Freund? Bist du noch irgendwo, oder hast du uns für die Ewigkeit verlassen? Eines schönen Tages geht ein Mensch fröhlich durch eine Pariser Straße, sein ist der Himmel, sein der Fluß, sein der alte Freund – der Himmel, der Fluß, der alte Freund –, sein sind die Häuser, die Türen, die Gesichter, sein auch (aber er weiß es nicht) Sie, Geneviève Abramovitz. Du hast dich zurückgezogen, Léo, bevor die Niederlage das letzte Wort hat. Die Welt an sich, reduziert auf fast nichts. Sein ganzes Leben lang hat unser Freund Lionel den Kastanienbaum an der Kreuzung Laugier-Faraday betrachtet. Jeden Tag, zu jeder Jahreszeit, hat Lionel diesen arroganten, hassenswerten Baum betrachtet, der nicht die geringste Aufmerksamkeit verdient und der ihm immer wieder gesagt hat, du, gekrümmte Gestalt hinter deinem Fenster, du bist mir schnuppe, ich habe schon vor dir existiert, und ich werde erst lange nach dir stürzen, ich bin dir in jeder Hinsicht überlegen, meine Traurigkeit ist gar keine, meine Nacktheit ist gar keine, nichts verzehrt mich, ich erwarte nichts und ich bedauere dich. Adieu, ihr jüdischen Melodien, ihr seid zu düster, mein Schwiegersohn wird sie zu meiner Beerdigung auflegen. Heute abend wollen wir Heiterkeit, Geneviève. Kennen Sie *Die Kunst der Fuge*? Kontrapunkt 13, die dreizehnte Fuge! Ein ganzes Leben lang gesungen und getanzt, ein ganzes Leben lang auf unerklärliche Weise getanzt und gesungen, ob ich abgespannt oder zufrieden war, besiegt oder aufrecht, auf unerklärliche Weise Freudenbringerin. Es kommt mir ganz seltsam vor, diese Möbel in eine Ecke gerückt zu sehen. Als seien meine Angelegenheiten schon geregelt. Lange habe ich auf dieser Bücherleiter den von einem Pfeil durchbohrten Indianer gespielt. Es genügte nicht, daß ich der Länge nach zusammenbrach. Sie brauchten auch noch den Fels, den Abgrund und das lange Röcheln. Flüchtigkeit der Gegenstände. Ich bin seit fünfundzwanzig Jahren nicht mehr auf diese Leiter gestiegen. Weder um den Indianer zu spielen, noch um nach dem kleinsten Buch zu langen. Soll ich Ihnen den von einem Pfeil durchbohrten Indianer vorspielen, Geneviève? In Anbetracht meines Zustandes besteht die Gefahr, daß ich ihn besser spiele als je zuvor. Haben Sie keine Angst, im Grunde sind es nur zwei Stufen. Am besten war es, wenn es mir gelang, mich am Boden noch ein paarmal aufzubäumen. Die Kinder liebten diese Endzuckungen. Ich tat es nur, wenn sie Kameraden erster Wahl dabei hatten. Zeig ihnen, zeig ihnen, wie du stirbst! flehten sie. Ich werde Ihnen zeigen, wie ich sterbe, Geneviève

Yasmina Reza

Glücklich die Glücklichen

Roman

Aus dem Französischen von

Frank Heibert und Hinrich Schmidt-Henkel

Band 03267

Eigentlich geht es nur um Käse. Doch welcher der richtige ist, darüber geraten Robert und Odile im Supermarkt dermaßen in Streit, dass die Nerven schließlich blank liegen und die dünne Schicht des zivilisierten Miteinanders tiefe Risse bekommt.

Genüsslich, schonungslos, mit lustvollem Sinn für die Brisanz von Alltagsbanalitäten seziert Yasmina Reza die Ursachen der oft kaum zu überbrückenden Kluft in zwischenmenschlichen Beziehungen.

»Niemand schreibt so radikal über den Selbstbetrug moderner Paare – und niemand so komisch.«
Brigitte

»Irrwitzig virtuos!«
Tagesspiegel

fi 03267 / 1

Richard Powers

Der Klang der Zeit

Roman

Band 15971

In einem Roman mit großen Figuren, farbigen Dialogen und vor dem Tableau der Rassenunruhen der letzten Jahrzehnte Amerikas erzählt Richard Powers die Geschichte einer Familie mit zwei Hautfarben – die eines vor den Nazis geflüchteten jüdischen Wissenschaftlers und einer Afroamerikanerin. Ihre Ehe wäre in vielen Staaten der USA noch ein Verbrechen, doch in New York fühlen sie sich sicher. Sie vertrauen ganz auf den amerikanischen Traum, dass sich jeder selbst neu erfinden kann. Mit Hilfe der Musik bauen sie ein Nest, das alle Dissonanzen der Welt fernhalten soll. Und es scheint zu gelingen: Der älteste Sohn wird ein gefeierter Tenor und Liedsänger, der mittlere begleitet ihn am Klavier, und einzig die Tochter durchschaut, dass sich nur Weiße leisten können, über die Hautfarbe hinwegzusehen, und schließt sich den Black Panthers an.

»Zeitkritik, Gesellschaftsporträt, Sehnsucht
nach einer Schönheit, die den alltäglichen Rassismus
besiegt. Richard Powers verknüpft dies
zu einem großen Roman.«
Susanne Weingarten, DER SPIEGEL

Fischer Taschenbuch Verlag

fi 15971 / 1 / a

Sergej Lebedew

Der Himmel auf ihren Schultern

Roman

Aus dem Russischen von Franziska Zwerg

336 Seiten. Gebunden

Ein dunkles Geheimnis schweißt sie zusammen – Enkel und Großvater sind unzertrennlich. Doch dann stirbt der Ältere. Der Enkel reist in dessen Vergangenheit und findet nördlich des Polarkreises eine grausame Wahrheit. Im stalinistischen Russland war der Alte Kommandant eines Gefangenenlagers. Wie konnte er all die Jahre mit dieser Last auf seinen Schultern leben? Rettete ihn seine tiefe Liebe zum Enkel? In einer kraftvoll poetischen Sprache erzählt Lebedew von Russlands Hölle, einem Ort, an dem das Leben endet und das Sterben ewig weitergeht.

»Wortgewaltig und mit immer neuen Metaphern.«
Bayerischer Rundfunk

»Unerbittlich setzt Sergej Lebedew
die Wahrheit zusammen wie ein Puzzle.«
Westdeutscher Rundfunk

»Kathartische Bilder des Grauens
von sprachlicher Schönheit.«
Frankfurter Allgemeine Zeitung

S. Fischer

fi 1-042510 / 1

Édouard Louis

Das Ende von Eddy

Roman

Aus dem Französischen von Hinrich Schmidt-Henkel

Band 03243

Ein Befreiungsschlag, ein Aufbruch in ein neues Leben – mit unglaublicher Sprachgewalt erzählt der junge französische Autor Édouard Louis die Geschichte einer Flucht aus einer unerträglichen Kindheit: seiner eigenen. ›Das Ende von Eddy‹ ist sein Debütroman, der international zu einem großen Erfolg und einer der meistdiskutierten Veröffentlichungen des Jahres wurde.

»Ein beeindruckender Roman.«
Annabelle Hirsch, Frankfurter Allgemeine Sonntagszeitung

»Ein starker Roman, weil die Hauptfigur von herzzerreißender Entschlossenheit ist.«
Franziska Wolffheim, Spiegel Online

»Édouard Louis ist ein seltener Glücksfall für sich, die Sprache, die Gesellschaft.«
Caroline Fetscher, Tagesspiegel

fi 03243 / 1